감동과 교훈이 있는 이야기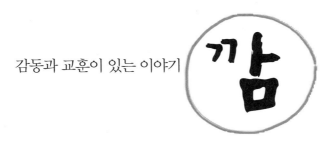

감동과 교훈이 있는 이야기

깜

지은이 · 이문영 | 펴낸이 · 박은서 | 펴낸곳 · 주변인의길

편집 · 송이령, 김선숙, 김지애, 안윤선, 석호주, 박지연

마케팅 · 최근봉, 홍의식, 추미경

총무 · 조향미 | 관리 · 박상기, 박종금

주소 · (412-820) 경기도 고양시 덕양구 토당동 836-8 칠성빌딩 301호

TEL · (031) 978-8767~8 | FAX · (031) 978-8769

http://www.jubyunin.co.kr
myjubyunin@bcline.com

초판 1쇄 발행일 | 2005년 6월 20일

초판 2쇄 발행일 | 2005년 8월 20일

ⓒ 주변인의길

ISBN 89—91605—14—1(03810)

감동과 교훈이 있는 이야기

글 | 이문영

주변인의길

효도를 하는 것도 때가 있다. 송강 정철은 《어버이 살아 계실 제 섬기기를 다하여라 / 지나간 후면 애닳다 어

라도 살아 계실 적에 한 잔 드리는 것이 난지, 돌아가시고 난 뒤 제사상에 열 근 돌린들 무슨 소용이 있겠는가

...못할 일은 이뿐인가 하노라〉라고 노래했다. 효도는 미루다가 나중에 하는 것이 아니다. 고기반찬을 드리려

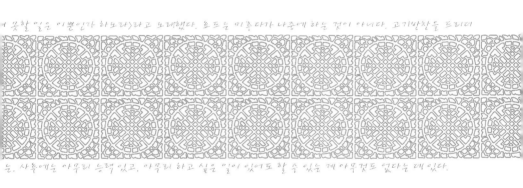

도, 사후에는 아무리 능력 있고, 아무리 하고 싶은 일이 있어도 할 수 있는 게 아무것도 없다는 데 있다.

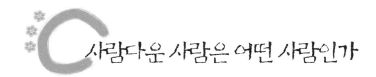

사람다운 사람은 어떤 사람인가

🌸 **이솝의 어렸을 때 이야기다.** 그리스인 이솝은 노예 신분이었다. 그의 주인은 명성 높은 학자였는데, 하루는 이솝을 불러 마을의 공중목욕탕에 가서 사람이 얼마나 많은지 알아보고 오라 일렀다.

이솝은 곧장 목욕탕으로 달려갔다. 그런데 목욕탕 앞 땅바닥에는 끝이 뾰족한 돌멩이 하나가 박혀 있어 목욕하러 드나드는 사람 모두가 그 돌에 걸려 넘어질 뻔했다. 어떤 사람은 발을 다치는가 하면 어떤 사람은 코가 깨지기까지 했다.

"이런, 빌어먹을!"

사람들은 돌에 대고 마구 욕을 퍼부었다. 그런데 희한한 것은 누구 하나 그 돌멩이를 치우려고 하지 않는다는 것이었다. 어린 이솝은 사람들이 참 한심하게 생각되었다.

'어디, 누가 저 돌을 치우는지 한번 지켜봐야지.'

이솝은 목욕탕 앞에 쪼그리고 앉아 누가 돌멩이를 뽑아내는지 지켜보기로 했다.

"어휴, 이런 빌어먹을 돌멩이!"

여전히 사람들은 돌에 걸려 넘어질 뻔하면서도 욕설을 퍼부으며 지나갈 뿐이었다. 그러던 중, 한 사내가 목욕을 하러 오다가 그 돌에 걸려 넘어질 뻔했는데 그는 좀 달랐다.

"어이쿠, 여기에 돌이 있었군."

사내는 단숨에 돌을 뽑아버리고 손을 툭툭 털더니 목욕탕 안으로 들어가는 게 아닌가. 이솝은 그제야 자리에서 일어섰다. 그리고는 목욕탕 안에 있는 사람 수를 헤아려보지도 않고 그냥 집으로 달려가 주인에게 말했다.

"선생님, 목욕탕 안에 사람이라곤 단 한 명밖엔 없습니다."

"잘됐구나. 나하고 목욕이나 하러 가자."

이솝은 주인과 함께 목욕탕으로 갔다. 그런데 탕 안에는 사람이 너무도 많아 발을 들여놓을 틈조차 없었다. 주인이 이솝을 야단치며 말했다.

"이 녀석아, 사람이 한 명밖에 없다면서 이게 어찌 된 일이냐? 왜 거짓말을 했어?"

"선생님, 그게 아닙니다. 제 말씀을 들어보십시오. 목욕탕 문 앞에 뾰족한 돌부리가 튀어나와 있어 이곳에 드나드는 사람들이 걸려 넘어지고 다치기도 했는데, 누구 하나 그 돌멩이를 치우는 사람이 없었습니다. 그런데 그렇게 한참을 기다리니 그 돌멩이를 뽑아버리고 들어가는 사람이 딱 한 명 있었습니다. 제 눈에는 오직 그만이 사람으로 보였을 뿐입니다."

상황을 파악한 주인은 껄껄 웃으며 이솝의 머리를 쓰다듬었다.

그로부터 몇 달이 지난 어느 날, 이솝의 주인이 사람들을 초대해 큰 잔치를 베풀었다. 주인은 기분이 좋아서 손님에게 일일이 술잔을 권하고, 손님이 권하는 술을 모두 받아 마셨다. 그 바람에 주인은 금방 취해서 호기롭게 떠들어댔다.

"마음껏들 드세요! 난 지금 바닷물이라도 한입에 다 마실 수 있을 것 같군요!"

주인은 농담을 한 것뿐인데, 대뜸 자리에서 한 사내가 일어나더니 따지듯 물었다.

"어떻게 바닷물을 다 마실 수 있단 말이오? 허풍이 심하시구려."

그 사내도 술이 어지간히 취해 있었던 상태라 그냥 넘어가면 아무 일도 없었을 텐데 오히려 주인은 더욱 큰소리로 떠벌렸다.

"허어, 정 못 믿겠다면 우리 내기를 합시다. 내가 내일 바닷물을 다 마시는 것을 보여줄 테니 말이오!"

주인은 취중에 그 사내와 전재산을 걸고 내기를 했다.

이윽고 잔치가 끝났다. 밤이 되자 술이 깬 주인은 안절부절못했다. 술김에 한 약속이라고 우기면 재산은 날리지 않겠지만 그래도 실없는 사람이 되는 것은 시간문제였기 때문이었다. 주인은 꾀를 빌리기 위해 이솝을 불렀다. 그러자 이솝은 이미 답을 알고 있었다는 듯 주인의 귀에다 속삭이며 방법을 일러주었다.

이튿날, 바닷가에는 사람들이 구름처럼 모여들었다. 두 사람의 내기를 보러 온 사람들이었다. 주인은 이솝이 일러준 대로 바닷가에 가서 물을 마시려는 자세를 취하다가 갑자기 뒤돌아서서 내기를 건 사내에게 소리쳤다.

"지금부터 약속한 바닷물을 한 방울도 남기지 않고 마실 거요. 하지만 어제 내가 말했던 대로, 나는 바닷물 말고 다른 물은 단 한 방울도 마시지 않을 것이오. 그러니 먼저 사방에서 흘러들어오는 강물을 당신이 모두 막아주시오. 나는 강물을 마시겠다는 말은 하지 않았으니 말이오."

그러자 사내는 얼빠진 표정으로 그 자리에 털썩 주저앉고 말았다.

하루는 이솝이 밭에서 일을 하고 있는데 한 사내가 다가와 길을 물었다.

"애야, 아테네까지 가려면 얼마를 더 가야 하니?"

그러자 이솝은 대수롭지 않게 대답했다.

"그냥 걸어가보세요."

사내는 이솝의 대답에 어이가 없어 화를 냈다.

"뭐야! 그냥 걸어가라고? 이 녀석이 어른을 놀리냐?"

사내는 기분이 상해 그냥 가던 길을 재촉했다. 그런데 암만 생각해도 어린 아이에게 당한 듯한 기분이 들어 가던 길을 되돌아와 이솝에게 물었다.

"너, 정말 아테네까지 얼마나 걸리는지 모르는 게냐?"

그러자 이솝이 웃으며 말했다.

"이제는 알겠어요."

"그건 또 무슨 말이야? 그럼 아까는 몰랐다는 말이냐?"

"예."

"뭐라고? 이 녀석이 또 어른을 놀리는구나!"

"제가 보기에, 아저씨의 걸음으로라면 두 시간 후엔 아테네에 도착할 수 있을 거예요."

나그네는 그제야 이솝의 말을 알아들었다. 이솝은 나그네의 걷는 속도를 관찰하여 나그네의 걸음걸이로 걸리는 시간을 정확하게 파악한 뒤 가르쳐 주려고 했던 것이었다.

이솝이 쓴 우화는 많이 알려져 있지만, 정작 이솝 자신에 관한 이야기는 많지 않다. 그것은 이솝이 고대 그리스 사람이고 『이솝우화』의 작가로 알려져 있다는 게 그의 신상 소개의 전부이기 때문이다. 일설에는 그가 노예였다고 하는데, 그런 신분임에도 상당한 재치를 지닌 인물이었던 듯하다. 목욕탕 이야기나 바닷물 마시기 대회 이야기를 보면 그의 재치가 어느 정도인지 짐작할 만하다. 물론 『이솝우화』의 모든 이야기가 그의 머리에서 나온 것이라면 그의 재치야 새삼 재론할 여지가 없을 것이다.

 어느 갑부의 죽음

옛날 어느 나라에 재산이 많은 영주가 살고 있었다. 그의 저택은 궁궐을 방불케 했고, 그가 소유한 땅은 끝이 보이지 않을 정도였다. 그뿐 아니라 방마다 온갖 금은보화가 가득하니, 나라 안에서 그를 따라올 재력가는 아무도 없었다. 게다가 나라에서 내린 온갖 공로패와 표창장이 넘쳐나 명예에서도 그를 넘볼 자가 없었다.

그렇게 무엇 하나 남부러울 것 없이 살던 영주가 어느 날 심상찮은 꿈을 꾸었다. 꿈속에서 하느님의 목소리를 들은 것이다.

"내일 밤, 이 나라에서 제일가는 부자 한 사람이 목숨을 잃게 될 것이다!"

비록 꿈속이었지만 하느님의 목소리는 너무도 엄중했다. 더구나 한 번도 아니고 세 번씩이나 같은 말이 되풀이된 탓에 영주는 또렷하게 그 말을 들을 수 있었다.

잠에서 깨어난 영주는 걱정이 이만저만 아니었다. 이 나라에서 제일가는 부자라면 생각해볼 것도 없이 자신이 아닌가. 그렇다면 하느님은 영주의 죽음을 경고했다는 것인데, 이건 보통 일이 아니었다. 영주의 등은 땀으로 흥건했다. 다시 잠을 청하려 했지만, 이 마당에 잠이 올 리 없었다. 영주는 캄캄한 방에 앉아 이리저리 머리를 굴려보기 시작했다.

'나를 암살하려는 자가 있다는 말인가? 아니면, 내가 벼락이라도 맞는다는 건가? 그것도 아니면, 혹시 나도 모르는 죽을병에라도 걸렸다는 건가?'

도무지 알 수 없었다. 내일 밤이라면 이제 스무 시간 남짓 남아 있는데 그 안에 어떻게든 손을 써야만 했다. 영주는 자신이 생각한 가능성들에 대해 하나씩 대책을 세우기 시작했다. 우선 암살에 대비해 사병들을 불러들여 자신의 침실을 세 겹 네 겹으로 에워싸게 했다.

"개미새끼 한 마리도 기어들어오지 못하게 막아라!"

그리고는 침실 안에서 한 발짝도 나가지 않았다. 언제 마른하늘에서 날벼락이 떨어질지 모르는 일이었다. 날이 밝자 영주는 나라의 용하다는 의원들은 전부 불러들였다. 전국에서 모여든 의원들은 각자 영주를 진찰한 뒤 몸에 좋다는 약들을 지어 바쳤다. 의원들은 한결같이 영주의 몸에 아무 이상이 없다고 했지만, 영주가 예방 차원에서라도 약을 지어달라고 조른 것이다. 영주는 하루 종일 그 약들을 받아먹었다.

하루 해가 이토록 짧은 줄 미처 몰랐던 영주는, 서서히 밀려드는 땅거미가 야속하기만 했다. 천하에 둘도 없는 갑부라도 흐르는 시간 앞에서는 추풍낙엽처럼 맥없는 존재, 어둠이 깊어갈수록 그는 점점 목을 조여오는 두려움에 사로잡혔다. 지금까지 살아오면서 그 어떤 두려움이나 부러움도 느껴보지 못했던 영주로서는 처음 겪는 일이었다. 그는 너무 두려워 도저히 앉아 있을 수조차 없게 되자 자리에서 벌떡 일어나 침실 안을 맴돌았다. 죽음의 시간이 점점 다가오는데 태평하게 잠을 이룰 수 있는 사람이 세상에 어디 있겠는가.

어느덧 죽음의 시간이 코앞으로 다가왔다. 영주는 지금 자신이 살아 있는 건지 죽은 건지 분간할 수 없었다. 이미 숨이 끊긴 채 자신의 영혼이 침실에 앉아 있는 건지도 모른다는 생각이 들었다. 영주는 슬쩍 허벅지로 손을 가져가 꼬집어보았다. 그다지 통증이 느껴지지 않았다. 좀더 세게 꼬집어보았다. 역시 통증이 시원찮았다. 이번엔 아예 살을 한 움큼 쥐고 비틀어보았다.

"아야!"

그제야 영주는 아픔을 느낄 수 있었다.

'한 번 가지고는 안 돼. 한 번 더……'

미덥지 않은 듯 영주는 계속해서 자기 살을 세게 비틀었다. 얼마나 꼬집었는지 시퍼렇게 멍이 들 정도였다. 영주의 눈에서 눈물이 흘렀다. 통증 때문에 흐르는 눈물인지 살아 있다는 기쁨의 눈물인지 분간하기 어려웠지만, 영주는 연신 흘러내리는 눈물을 주체할 수 없었다.

어슴푸레 동이 트기 시작했다.

"오, 하느님! 감사합니다. 저를 살려주셨군요."

영주는 너무도 감격한 나머지 진심으로 하느님께 감사의 기도를 올렸다.

그때 성당에서 울리는 종소리가 들려왔다. 종소리는 길게 다섯 번 이어졌는데, 다름 아닌 죽은 자의 영혼을 위로하는 엄숙한 소리였다. 영주는 하인을 불러 간밤에 죽은 자가 누구인지를 알아오라 일렀다.

잠시 후 하인이 돌아와 말했다.

"간밤에 눈먼 늙은 거지가 굶어죽었다고 합니다."

"그 거지 말고는 죽은 사람이 없다더냐?"

"예, 어젯밤에 죽은 사람은 그 노인뿐이라고 합니다."

그 늙은 거지는 추우나 더우나 항상 허름한 옷 한 벌을 걸친 채 오가는 사람들에게 손을 내밀어 구걸했기 때문에 마을 사람들은 그를 잘 알고 있었다. 영주는 갑자기 이상한 생각이 들었다.

'하느님은 분명 이 나라에서 제일가는 부자가 죽을 거라고 말했는데……, 그렇다면 그 늙은 거지가 남몰래 많은 재산을 땅속에 감춰두기라도 했다는 것인가?'

영주는 하인에게 거지가 살고 있던 움막을 샅샅이 살펴보고 오라 일렀다. 하지만 움막에는 눈을 씻고 찾아봐도 이렇다 할 만한 물건이 없었다. 땅도 파보았지만 벌레와 지렁이들만 기어나올 뿐이었다.

"움막 안에는 짚 한 다발과 풀로 만든 베개 하나만이 있었습니다."

하인이 고하자 영주는 혼잣말로 중얼거렸다.

"그렇다면 하느님의 그 말씀은 뭐였단 말인가?"

의문을 풀기 위해 영주는 성당으로 찾아가 신부에게 자신의 꿈 이야기를 들려주었다. 그러자 신부는 그 뜻을 헤아려 나직하게 말했다.

"그 눈먼 노인은 자신을 위해 평소 수많은 재물과 보물들을 하늘에 저축하고 있었던 것입니다."

"하늘에? 어떻게 그런 일이 가능하단 말입니까?"

"우리가 사는 이 땅에서는 아무리 귀한 보물이라도 시간이 흐르면 녹이 슬고 빛이 바래는 법이지요. 그런데 그 노인은 욕심 없는 착한 마음을 갖고 있었습니다. 하느님께서는 바로 그 마음을 이 세상의 어느 값진 재물이나 보물보다 귀하게 여기셨던 것입니다."

"아……."

영주는 그제야 하느님의 말씀이 뜻하는 바를 깨달았다.

깨달음을 얻은 순간부터 영주는 완전히 다른 사람이 되었다. 자신의 재산을 헐벗고 굶주린 사람들에게 골고루 나눠준 것이다.

세월이 흘러 영주도 죽음을 맞게 되었다. 영주는 온화한 표정으로 신부에게 말했다.

"이제 저도 거지 노인만큼은 아니지만 웬만큼은 하늘에다 재물과 보물을 저축해놓은 셈이지요? 제가 죽거든 거지 노인의 묘 옆에 묻어주십시오."

죽음을 맞는 영주의 표정에는 전과 달리 평온함과 행복, 그리고 기쁨이 깃들어 있었다.

죽음을 받아들이는 일은 쉽지 않다. 죽는 순간부터 '나'라는 존재는 세상에서 영원히 사라진다. 몇 만 년 혹은 몇 억 년 뒤에라도 다시 돌아올 수 없다. 한 번 죽으면 그것으로 모든 게 끝이다. 이런 생각을 깊이 하다보면 살아 있다는 기쁨보다는 죽음에 대한 두려움이 더 크게 느껴진다. 죽음에 대한 공포 때문에 세상에는 종교라는 것이 생겼다. 물론 종교의 의의는 워낙 광범위해서 일일이 열거하기 힘들지만, 어느 종교든 죽음에 대한 두려움을 덜어내는 데 일조하고 있음은 부동의 사실이다.

공자는 '인(仁)이란 사람[人]이 둘[二]이라는 뜻이다'라고 하였다. 즉, 이 세상은 사람과 더불어 살아가는 곳이라는 말이다. 그러니 나 혼자 잘 먹고 잘 입는 일이 소위 '잘맴'은 아니다. 그렇다고 어지간한 도량으로는 영주처럼 자기 재물을 마구 퍼주기도 힘들다. 또 그만 한 재력을 가진 사람도 흔치 않다. 하지만 이 정도라면 어떨까. 가능한 한 남을 배려해주려는 마음, 굳이 두 개가 필요하지 않다면 하나는 남에게 줄 줄 아는 마음 등등…… 이 정도 마음을 하느님이 '저축'해주실지 어떨지는 모르지만, 일단 하고 나면 뒷맛이 개운해진다. 아직 맛보지 못한 분들은 꼭 한번 느껴보시길.

언변의 달인 맹자

🌸 맹자의 언변은 가히 당대 최고였다고 전해진다.

맹자가 제나라에 가서 선왕을 만났을 때의 일이다. 당시 제나라는 선왕이 나라를 잘못 다스려 백성들의 원성이 높던 때였다. 이를 안 맹자가 선왕에게 물었다.

"폐하, 만약 신하 가운데 자기 처자식을 친구에게 부탁하고 멀리 다른 나라에 다녀왔는데, 그 친구라는 자가 신하의 처자를 헐벗고 굶주리게 했다면 어떻게 처리하시겠습니까?"

그러자 선왕이 대답했다.

"당연히 절교를 하라고 하겠소."

"그럼 여기 법관이 한 사람 있는데, 그 부하들을 제대로 통솔하지 못했다면 어떻게 처리하시겠습니까?"

"물론 파면시켜야 하지 않겠소?"

맹자가 또 한 번 물었다.

"그렇다면 만일 온 나라가 제대로 다스려지지 않고 있다면 어떻게 처리하시겠습니까?"

그러자 선왕은 말문이 막혀 공연히 좌우를 돌아보고 딴청을 피우며 화제를 돌렸다고 한다.

며칠 뒤, 다시 맹자가 선왕을 찾아왔을 때 왕이 맹자에게 물었다.

"옛날 주나라 문왕이 짐승을 풀어놓고 즐기던 동산은 사방 칠십 리나 되었다고 하는데 사실이오?"

"전해오는 문헌에 의하면 그렇습니다."

"문왕의 동산이 그렇게도 컸단 말이오?"

"하지만 문왕의 백성들은 그것도 작다고 생각했었습니다."

"나는 지금 사방 사십 리밖에 안 되는 동산을 가지고 있는데도 백성들은 그것을 크다고 생각하는 것 같은데, 왜 그렇다고 생각하시오?"

"문왕의 동산은 사방 칠십 리나 되었지만 나무꾼도 들어가 땔감을 구할 수 있었고, 사냥꾼도 들어가 꿩이나 토끼를 잡을 수 있었습니다. 이처럼 문왕의 동산은 누구나 들어가 활용할 수 있었기 때문에 당연히 작다고 느낀 것이지요. 그런데 제가 처음 제나라 국경에 이르렀을 때, 혹시 제나라에서 철저하게 금지하는 법이 있느냐고 물어보니, 관문 근처에 사방 사십 리 되는 임금의 동산이 있는데 그 안에서 사슴을 죽인 자는 살인을 한 자와 마찬가지로 처벌한다고 하더군요. 그렇다면 임금께서는 나라 안에다가 사방 사십 리나 되는 큰 함정을 파놓은 것이나 마찬가지니, 백성들이 임금의 동산이 넓다고 생각하는 것은 당연한 일 아니겠습니까?"

이번에도 선왕은 그저 헛기침만 할 뿐이었다.

한번은 제나라의 유명한 웅변가인 순우곤이 맹자를 찾아왔다. 자신의 질문에 맹자가 얼마나 재치 있게 대답하는지를 시험해볼 요량이었다.

순우곤이 맹자에게 물었다.

"남자와 여자가 물건을 교환할 때는 직접 손을 써서 주고받지 않는 게 예의지요?"

"그렇소. 그래야 예의요."

순우곤이 옳다싶어 다시 물었다.

"그렇다면 자기 형수가 물에 빠졌을 때도 손을 내밀어 꺼내주지 말아야 한다는 말인가요?"

그러나 맹자는 전혀 흔들림 없이 곧바로 대답했다.

"아니오. 형수가 물에 빠졌는데도 꺼내주지 않는다면 그것은 짐승이나 다를 바 없는 짓이오. 남녀 간에 물건을 손으로 주고받지 않는 것은 예의지만, 형수가 물에 빠졌을 때 손을 잡고 꺼내주는 것은 임기응변, 즉 권도(權道)라고 하는 것이오."

순우곤이 지지 않고 받아쳤다.

"그럼, 지금 천하의 모든 사람들은 물에 빠졌다고 할 수 있는데, 선생께서 손을 뻗어 건져주지 않으시니 어찌 된 일입니까?"

"물에 빠진 천하의 사람들을 건져내는 데는 임기응변이 아닌 정도(正道)가 필요한 것이고, 물에 빠진 형수를 건져내는 데는 손이 필요한 것이오. 그런데 그대는 천하도 손으로 잡아당겨 끌어낼 수 있다고 생각하는 것이오?"

순우곤은 말문이 막혀 그대로 돌아갔다고 한다.

또 어느 날인가는 제나라의 사내 하나가 허겁지겁 달려와서 맹자에게 물었다.

"선생님, 지금 저희 어머니께서 돌아가셨는데, 나라에서는 장례를 간소하게 치르라는 명이 내려져 있는 상태라 어찌해야 할지 모르겠습니다. 어찌하면 좋겠습니까?"

맹자는 먼저 사내에게 물었다.

"그대는 어머니의 장례를 후하게 치르고 싶은 마음이 있는 것이오?"

"네, 그렇습니다. 하지만 국법이 하도 엄해서 그렇게 할 수 없을 것 같습니다."

맹자는 고개를 끄덕이며 사내에게 말했다.

"무릇 하늘이 만물을 창조하실 때 어느 것이든 그것이 생기는 근본은 반드시 한 가지였소. 사랑만 하더라도 먼저 부모와 자식 간의 사랑을 근본으로 삼았고, 거기서 영역을 넓혀간 것이오. 부모 자식의 사랑을 근본으로 삼은 것은 거기에는 처음과 끝이 없고 더하고 덜함도 없기 때문이었다오."

"예, 저도 그렇게 생각합니다. 그래서 제 어머니의 장례만큼은 후하게 치러드리려고 합니다만……."

"아주 오랜 옛날에는 아직 예법이 마련되지 않아 부모가 돌아가시면 그 시신을 땅에 묻지 않고 골짜기 같은 데다 내다버린 모양이오. 그런데 어떤 사람이 자기 부모를 골짜기에다 내다버리고 나중에 그곳을 지나가다가 보니, 여우와 살쾡이 따위가 부모의 시체를 뜯어먹고, 파리와 모기가 달라붙어 빨아먹고 있었소. 그때 그 사람은 어떤 생각을 했겠소?"

"그야 안타깝기 이를 데 없었겠지요."

"그렇소. 그 사람의 이마에서는 진땀이 흘렀고, 그는 차마 그 끔찍한 광경을 볼 수 없어 고개를 다른 곳으로 돌렸다고 하오. 그런데 그 사람이 진땀을 흘린 까닭은 남이 그것을 볼까 부끄러웠기 때문은 아니었을 것이오. 그의 마음속에서 솟아나는 부모에 대한 진정한 죄송함이 얼굴에 드러난 것이라 할 수 있지 않겠소? 그래서 그 사람은 곧장 집으로 가서 삽을 가져와 흙으로 시체를 덮었다고 하오. 이처럼 부모의 시체를 흙으로 덮어드려야겠다는 마음이야말로 사람으로서 마땅히 가져야 할 정이 아니고 무엇이겠소? 효자와 어진 사람이 자기 부모를 후하게 장사지내려는 마음은 사람으로서 가져야 할 도리이니 그대의 생각대로 장례를 치러도 큰 해는 미치지 않을 것이오."

"잘 알겠습니다. 선생님."

사내는 그 길로 집에 돌아가 후하게 장례를 치렀고, 적어도 맹자가 제나라에 머무는 동안에는 아무런 제재도 받지 않았다고 한다.

어느 날, 맹자의 제자인 공도자가 찾아와 물었다.

"똑같은 사람인데도 어떤 사람은 대인이 되고, 어떤 사람은 소인이 되는데, 이는 무슨 까닭입니까?"

맹자가 차분하게 일러주었다.

"사람의 몸에는 큰 몸과 작은 몸이 있다. 큰 몸은 마음이고, 작은 몸은 말초신경이라고 할 수 있지. 그런데 큰 몸을 따르면 대인이 되고, 작은 몸을 따르면 소인이 되는 것이다."

공도자가 고개를 갸웃하더니 다시 물었다.

"그럼 똑같은 사람인데도 왜 어떤 사람은 도덕심에 따라 행동하고, 어떤 사람은 말초신경에 따라 행동하는 것입니까?"

다시 맹자가 자세하게 설명해주었다.

"귀나 눈 같은 기관은 생각하는 기능이 없기 때문에 바깥의 사물이나 현상에 의해 지배당하지. 그래서 금방 어떤 욕구에 이끌리고 마는 것이네. 그러나 마음이라는 것은 생각할 수 있는 힘을 갖고 있지. 그 힘 때문에 바깥의 사물이나 현상에 대해 주체적으로 대응할 수 있는 것이고. 즉, 생각하면 사물의 이치를 얻을 수 있고, 생각하지 않으면 얻지 못하니, 이것은 하늘이 사람들에게 부여해준 것이야. 따라서 우선 큰 것, 즉 마음을 확고히 세워놓으면, 귀나 눈 같은 작은 것에 마음을 빼앗기지 않게 되지. 그렇게 할 수 있는 사람을 대인이라고 하는 것이다."

이처럼 사물이나 현상에 대한 자신의 생각을 확실하게 갖고 있었던 맹자는 그 유명한 성선설에 대하여, 사람이라면 누구에게나 남의 슬픔이나 고통을 차마 그대로 보아넘기지 못하는 어진 마음, 즉 동정심이라는 것이 있다고 하면서 다음과 같은 이론을 펼쳤다.

옛날의 성왕들은 모두 이러한 동정심을 가지고 있었고, 그러한 마음으로 정치를 하였다. 이 같은 동정심을 가지고 정치를 해나간다면 천하를 다스리는 일이 마치 손바닥 위의 물건을 움직이는 것만큼이나 쉬울 것이다. 사람은 누구에게나 동정심이 있다고 한 까닭을 알아보면 이렇다. 예를 들어 한 어린아이가 우물에 빠졌다고 하자. 그러면 그곳을 지나가던 사람이라면 누구나 깜짝 놀라며 두려운 마음이 드는 동시에 아이를 불쌍하게 여기는 마음이 생겨날 것이다. 이러한 마음이 생기는 것은, 그 아이의 부모와 친교를 맺기 위해서도 아니고, 친구들에게 칭찬을 들으려고 해서도 아니며, 구해주지 않았다는 비난을 듣기 싫어서도 아닐 것이다.

이렇게 볼 때 측은하게 여기는 마음이 없다면 사람이 아니고, 부정한 것에 대해 부끄러워하고 증오하는 마음이 없다면 사람이 아니며, 사양하는 마음이 없어도 사람이 아니고, 시비를 가릴 수 있는 마음이 없어도 사람이 아닌 것이다.

남의 불행을 측은하게 여기는 마음은 인(仁)의 실마리이며, 부정한 것에 대해 부끄러워하고 증오하는 마음은 의(義)의 실마리이다. 그리고 사양하는 마음은 예(禮)의 실마리이며, 옳고 그른 것을 가릴 수 있는 마음은 지(智)의 실마리이다. 이것을 네 가지의 실마리, 즉 사단(四端)이라고 하는데, 모든 사람에게 이 사단이 있는 것은 마치 두 팔과 두 다리가 있는 것과 마찬가지 이치이다. 사단은 사람의 본성에서 저절로 나오는 것이며, 인에서 우러나오는 측은지심(惻隱之心), 의에서 우러나오는 수오지심(羞惡之心), 예에서 우러나오는 사양지심(辭讓之心), 지에서 우러나오는 시비지심(是非之心)으로 이루어진다.

이 같은 사단을 가지고 있으면서도, 나 같은 자가 어떻게 인의예지를 실현한단 말인가, 하고 자신을 비하하는 사람은 스스로를 해치는 자이며, 자기임금은 도저히 그것을 실현할 수 없다고 치부하는 사람은 그 임금을 망치는 자이다.

따라서 이 네 가지의 도덕적 실마리가 자기에게 있다고 깨달은 사람은, 그 실마리를 확충시켜 자신을 더욱 충실하게 만들 수 있다. 사단은 마치 불이 처음으로 붙기 시작하고, 물이 처음으로 흐르기 시작하는 것과 같아 장차 무한히 퍼져나갈 수 있다. 맹자는 진정으로 사단을 잘 확충해나가면 온세상을 보전할 수 있을 테지만, 그러지 못한다면 부모도 올바로 섬기지 못할 것이라고 했다.

맹자는 어떤 질문에도 거침없이 대답했고, 기지 또한 넘쳤으며 비유에도 뛰어났다. 말솜씨가 없는 사람은 『맹자』를 교본으로 삼아도 좋을 만큼 그의 언변은 유창했다. 공자의 사상을 한 마디로 압축한다면 '인(仁)'이라고 할 수 있다. 이와 달리 맹자의 사상은 '의(義)'라고 압축할 수 있다. 즉, 사람은 태어나면서부터 본성이 착하다는 성선설을 바탕으로 하여 꾸준히 옳은 것[義]을 행해나가도록 힘써야 한다는 것이 그의 주장이다. 그리하여 옳은 마음을 가지고 백성을 사랑하는 '민본정치'를 펴는 것이 곧 '왕도정치'이며, 그러한 정치가 천하에 실현될 때 비로소 모든 사람들이 평화로워질 것이라고 믿었다. 즉, 아무리 작은 나라에서도 자신이 주장하는 왕도가 제대로 실행되기만 하면 곧바로 그 나라가 천하의 중심에 설 수 있고, 점차 주변의 나라들이 그에 감화되어 중국 땅 전체에 왕도가 실현될 수 있으리라고 생각했다. 그만큼 맹자는 왕도에 대한 확신이 있었고, 그러다보니 제후들 앞에서도 당당하게 특유의 달변을 구사했던 것이다. 맹자는 패권주의를 단호하게 배격하고, 오로지 백성을 사랑하는 왕도정치만을 실현해야 한다고 주장했는데, 이는 오늘날의 민주주의 정신과도 부합하는 것이라 하겠다.

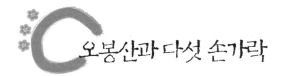

오봉산과 다섯 손가락

❀ **어린 나이에 시집을 와서** 남편과 함께 행복하게 살던 여인이 있었다. 그런데, 난데없이 남편이 문둥병에 걸리고 말았다. 전염이 되기 때문에 함께 살 수 없다는 사람들의 성화에 못 이겨 두 사람은 어쩔 수 없이 헤어지게 되었다.

"나와 같이 살면 당신도 문둥병에 걸릴 테니 어서 떠나도록 하시오."

남편과 아내는 목놓아 울면서 생이별을 할 수밖에 없었다. 남편과 멀리 떨어지게 된 아내는 남편이 가여워 견딜 수가 없었다. 자나 깨나, 앉으나 서나 오로지 남편 생각뿐이었다. 그래서 아내는 매일 남편이 있는 곳을 향해 정화수 한 그릇을 떠놓고 기도를 올렸다.

"부디 제 남편의 몹쓸병을 고쳐주십시오."

매일 정성으로 기도를 올리는 한편, 남편에게 효험이 있다는 약이란 약은 모두 구해다 써보았지만 별 차도가 없었다.

그러던 어느 날, 여인이 사는 집으로 한 스님이 찾아왔다. 스님은 여인의 표정만으로 가정에 액운이 끼어 있음을 대번에 알아챘다.

"부인의 안색을 보니 무슨 근심이 있는 듯하구려."

"그렇습니다, 스님. 제 남편이 문둥병에 걸려 이렇게 생이별을 하고 살고 있지요. 그 사람을 낫게 하는 방법이 없겠습니까?"

여인은 간절한 마음으로 스님에게 청했다. 스님은 조용히 눈을 감고 무언가를 생각하더니 천천히 입을 열었다.

"오봉산에 불을 켜놓은 다음 남편을 찾아가도록 하시오. 단, 백 일 안으로 남편을 찾아가야 하오."

여인은 그 말을 듣자 귀가 번쩍 뜨였다.

"그러면 제 남편의 병이 나을까요?"

"내가 일러준 대로만 한다면 나을 수 있을 것이오."

여인은 매우 기뻐하며 스님에게 수없이 절을 올렸다. 그러다 문득 생각난 것이 있어 스님에게 물었다.

"그런데 오봉산은 어디에 있는지요? 저는 처음 들어봅니다."

"글쎄……, 가까이 있다면 가까이 있고, 멀리 있다면 멀리 있는 산이라오. 그 산은 부인이 직접 찾도록 하시오."

스님은 끝내 오봉산이 어디 있는지를 일러주지 않았다.

그날부터 여인은 오봉산을 찾아 길을 나섰다. 자기 마을부터 시작해서 수없이 많은 산을 넘고 또 넘었다. 나라 안을 다 뒤지고 산이란 산을 다 넘어도 오봉산이라는 이름을 가진 산은 그 어디에도 없었다.

시간이 흘러 스님이 말한 백 일이 하루 앞으로 다가왔다. 다른 방도를 찾을 시간도 없었다. 여인은 오봉산 찾는 일을 포기할 수밖에 없었다. 살아서는 자신이 할 수 있는 일이 없다고 생각한 여인은 남편의 곁으로 가 함께 죽기로 결심했다.

'그이 없이 살 바에야 차라리 그 사람 옆에 가서 함께 죽자.'

여인은 모든 것을 포기하고 남편이 있는 곳으로 걸음을 옮겼다. 산을 넘고 내를 건너 남편을 찾아가는 길, 어느 이름 모를 산에 다다르자 어느덧 석양이 지고 있었다.

"아, 해가 남아 있을 때 어서 그 사람 곁으로 가야 하는데……. 너무 걸었더니 다리가 떨리는구나……."

여인은 석양을 바라보며 그 자리에 쓰러지고 말았다.

"어서 가자. 조금만 더 힘을 내자. 죽더라도 그이 옆에서 죽어야지……."

여인은 쓰러진 채 나직이 중얼거렸다. 그러면서 지는 해가 아쉬워 붙잡으려는 듯 손을 뻗었다.

그때였다.

여인이 손을 들자 손가락 사이사이로 석양의 붉은 빛이 비쳤다. 그것은 마치 다섯 개의 손가락에 불이 붙은 형상과 같았다. 그것을 보자 여인의 뇌리에 뭔가 번쩍하고 스쳐가는 것이 있었다.

"아, 그래! 바로 내 다섯 손가락이 오봉산이었구나."

마침내 여인은 오봉산을 찾았다. 그녀는 마지막 힘을 내 마을로 달려가 기름과 성냥을 구했다. 그리고 자신의 다섯 손가락에 불을 붙였다. 오봉산에 불을 켜놓은 다음 남편을 찾아가라는 스님의 말을 떠올렸던 것이다.

"이제 됐다. 어서 가자."

불붙은 손가락은 떨어져나갈 듯 고통스러웠지만 남편의 병을 낫게 하는 일이라면 이보다 더한 고통이라도 참을 수 있었다. 여인은 마침내 남편이 있는 곳에 다다랐다. 그때까지도 여인의 다섯 손가락은 활활 타오르고 있었다.

"여보, 제가 왔어요!"

여인은 소리쳐 남편을 불렀다. 그러자 방문을 열고 남편이 뛰어나왔다.

"오, 여보……!"

여인은 뛰어나온 남편을 보고는 그 자리에 붙박인 채 감격의 눈물을 쏟아냈다. 마치 허물을 벗은 듯 남편의 문둥병은 깨끗하게 사라졌고, 예전처럼 해맑은 얼굴로 자신 앞에서 웃고 있었기 때문이었다.

〈비록 기녀라 해도 늘그막에 한 남편을 따른다면 한때의 화냥기도 문제될 것이 없고, 정숙한 여자라도 늘그막에 정조를 잃으면 반평생의 절개가 허사가 되고 만다. 옛말에 이르기를 '사람을 보려면 그 끝 무렵을 보라'고 했으니 가히 명언이라 하겠다.〉

『채근담』에 나오는 말이다. 다분히 일부종사를 종용하는 옛 관습이 배어 있는 말이기는 하지만 아직 젊은 여인으로서 문둥병에 걸린 남편을 끝까지 버리지 않겠다는 마음을 갖기란 예나 지금이나 쉽지 않다. 이는 부부 사이뿐만 아니라 부모와 자식, 형제와 친구 관계로 영역을 넓혀보아도 마찬가지다. 따라서 다섯 손가락에 불을 지핀 여인이 각박한 세상을 살아가는 우리들에게 던지는 교훈은 각별하다.

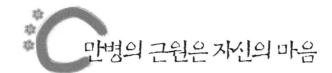

만병의 근원은 자신의 마음

🌸 진맥조차 제대로 못하는 돌팔이 의원이 있었다. 그는 애초 의사로서의 자질을 갖추지 못한 인물이었을 뿐 아니라 그의 조상 중에 의원 노릇을 하여 밥벌이를 한 사람은 단 한 명도 없었다. 더구나 그는 『동의보감』이니 『본초강목』 같은 의약서는 들춰본 경험조차 없는, 그야말로 경험과 자질이 미천한 위인이었다.

그러나 그가 떵떵거리고 의원 행세를 하면서 마을 사람들을 휘어잡을 수 있었던 것은 순전히 타고난 임기응변 때문이었다. 탁월한 말재주와 능란한 대처 능력 덕분에, 그는 적어도 이 마을에서는 둘도 없는 명의로 군림하고 있었다. 어떤 병이든 그가 진맥을 한 뒤 내려준 처방대로 행하면 언제 그랬냐는 듯 깨끗이 낫곤 했다.

하루는 건장한 청년이 헐레벌떡 돌팔이 의원을 찾아왔다.

"의원님, 저 좀 봐주십시오. 배가 아파 금방 숨이 끊어질 것 같습니다."

청년은 호들갑스럽게 돌팔이 의원 앞에 거꾸러졌다. 배 안에 무슨 달걀 같은 것이 위아래로 왔다갔다하는데 영 거북해 살 수가 없다며 오만상을 찌푸렸다. 돌팔이 의원은 쓱 한번 청년의 눈치를 보더니 팔을 끌어당겨 진맥을 보는 시늉만 내고는 이내 처방을 내렸다.

"자네 배 안에서 달걀만 한 게 왔다갔다하는 것은 방귀가 새어나갈 곳을 찾지 못해 방황하고 있기 때문이야. 자네 얼굴이 볼기짝처럼 생겨 방귀가 출구를 제대로 찾지 못하고 오락가락하는 것이니 이 처방전을 가지고 가서 약을 달여 먹고 부지런히 운동을 하게나."

돌팔이의 처방이 단 몇 분 만에 끝나자 옆에서 차례를 기다리고 있던 중년 남자가 불쑥 나섰다. 사실 이 남자는 이웃마을에서 온 의원이었는데, 도대체 돌팔이 의원의 처방이 어떠하기에 환자들의 발길이 끊이지 않는지를 알아보기 위해 손님 행세를 하고 차례를 기다리던 중이었다.

"세상에 방귀를 몰아내는 약도 있소이까? 난 어떤 의서에서도 그런 약이 있다는 것을 본 적이 없소이다."

돌팔이 의원은 그 남자를 흘끗 보더니 묻는 품새가 심상찮다고 여겼는지 아무 대꾸도 하지 않고 남은 환자들의 진료를 마쳤다. 그런 다음 중년 의원에게 한마디 툭 던졌다.

"보아하니 글줄깨나 읽은 듯한데 어디서 온 의원이시오?"

돌팔이 의원은 에두르지 않고 바로 정곡을 찔렀다. 중년 의원은 흠칫 놀라 낯빛이 붉게 달아오르기 시작했다.

'보통이 넘는 인물은 확실한 것 같구먼. 저만 한 눈치에 저 정도 입담이라면 뭘 해먹어도 평생 밥은 안 굶겠어…….'

중년 의원은 굳이 신분을 속일 이유가 없다고 생각했다.

"하하하, 사실 난 이웃마을에서 온 의원이오. 우리 마을에까지 선생의 명성이 자자하기에 도대체 환자를 어떻게 다루는지 한번 보려고 왔소이다. 무례했다면 용서하시오."

중년 의원이 솔직하게 나오자 돌팔이 의원도 맞장구를 쳤다.

"괜찮소이다. 한솥밥 먹는 처지에 그런 것쯤 이해하지 못한다면 사내가 아니지요."

"듣던 대로 배포 또한 대단하시구려. 그건 그렇고, 방금 전 내가 물어본 말에 아직 답을 안 주셨는데, 방귀를 몰아내는 약이 있긴 있소이까?"

돌팔이 의원은 빙긋이 웃음을 머금더니 입을 열었다.

"그런 약이 의서에 나올 리 만무하지 않소? 하지만 난 나의 처방에 대해 항상 자신을 갖고 있소이다. 댁은 아까 그 청년이 무슨 병이라고 생각하오?"

"글쎄올시다. 맥을 짚어보지 않아 정확히는 모르겠소이다만……."

"내가 보기에 그 사내는 소화불량이오. 만약 다른 몹쓸병에 걸렸다면 얼굴색이 그렇게 좋을 리가 없소. 그러니 며칠 소화제 좀 먹고 열심히 운동하면 속이 다스려질 게 아니겠소? 어떻소? 내가 틀린 처방을 내린 거요?"

"그야……."

중년 의원은 적당한 대답을 찾지 못했다. 청년의 배앓이가 정말 소화불량이라면 그의 처방은 틀린 것이 아니었다. 하지만 소화불량이 아니고 다른 병이라면 그는 의원 문을 닫아야 할지도 모를 일이었다. 그런데 지금까지 그는 별 실수 없이 진맥을 하고 약을 지어주었으며, 환자들도 그 약을 먹고 깨끗하게 병이 나았다. 그러고 보면 그 나름대로 환자들을 다루는 노하우를 갖고 있는 셈이었다.

돌팔이 의원이 말을 이었다.

"모름지기 병은 스스로 낫게 되어 있는 것이오. 약이라는 것도 환자의 마음을 안정시켜주는 역할만 할 뿐이지, 약으로 병을 고친다는 것은 말짱 거짓말이라 이 말이오."

돌팔이 의원의 말에 중년 의원은 뭔가 깨닫는 바가 있었다. 병은 스스로 낫게 되어 있다는 말이 가슴에 와닿았던 것이다.

"허어, 그것참. 뭐가 뭔지 모르겠지만, 틀린 말은 아닌 것 같구려."

사실 돌팔이 의원의 말에도 일리는 있었다. 만약 약을 써서 모든 병이 낫는다면 이 세상에 죽을 사람은 하나도 없을 것이다. 모든 생로병사가 자신의 마음에 있다는 진리를 돌팔이 의원이 새삼 깨우쳐주었던 것이다.

조금만 아프면 약국이나 병원으로 달려가는 사람들이 적지 않다. 잔병 치레로 털어버릴 수 있는 것을 공연히 방치했다가 큰병으로 키워 고생하지 않기 위해서라는 게 그들의 변이다. 일리가 없지는 않으나, 그런 사람들은 대부분 병의 경중을 가릴 줄 모른다는 것이 문제다. 예를 들어 콧물만 조금 나와도 병원으로 쪼르르 달려가 감기약을 내놓으라고 한다. 거의 반은 자신이 의사다.

콧물 정도는 비타민이 풍부한 과일로도 얼마든지 다스릴 수 있다. 굳이 비싸고 귀한 과일이 아니라 시장이나 슈퍼에만 가도 널려 있는 귤 같은 것을 말하는 것이다. 귤 열 개 정도만 까먹어도 콧물 따위는 금세 멈춘다. 몸에도 좋고, 병에 대한 내성도 줄이고, 진료비도 아낄 수 있으니 그야말로 일석삼조의 이득이 아닌가? 그런데도 사람들은 병원만 선호할 뿐 도무지 귤 하나 까먹어볼 생각을 안 한다.

그것도 병이다, 마음의 병. 마음에 여유가 없으니 손쉬운 병원 처방에만 의지하는 것이다. 정말이지 약이 모든 병을 고친다면 세상에 죽을 사람이 어디 있겠는가. 하지만 명심하라. 병은 자신의 마음이 고치는 것이다.

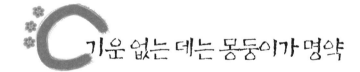

기운 없는 데는 몽둥이가 명약

🌸 그 일이 있은 후 돌팔이 의원과 이웃마을의 중년 의원은 제법 가까운 사이가 되었다. 자주는 아니어도 두세 달에 한 번씩은 서로 왕래하며 술잔을 주거니 받거니 했다.

소슬한 바람이 부는 어느 가을날, 중년 의원이 돌팔이 의원을 찾아왔다.

"그동안 무고하셨는가?"

중년 의원이 인사말을 던지며 안으로 들어서보니, 마침 돌팔이 의원은 진료중이었다. 환자는 몸집도 크고 키도 훤칠한 청년이었는데 얼굴에 윤기가 철철 넘쳐, 언뜻 봐서는 환자라고 생각할 수 없을 정도로 건강해보였다. 하지만 무슨 까닭인지 어깨가 축 처져 있어 금방이라도 울음을 터뜨릴 듯한 표정이었다.

청년이 돌팔이 의원에게 힘없이 말했다.

"선생님, 저는 어찌 된 일인지 종일 기운이 없습니다. 왜 그러한지 진맥

좀 봐주십시오."

피죽 한 그릇도 못 얻어먹은 사람처럼 기어들어가는 목소리였다. 돌팔이 의원은 청년의 진맥을 보고 나더니 고개를 갸웃했다.

"거참, 이상한 노릇이군. 아무 이상이 없는데……."

중년 의원이 끼어들어 청년에게 물었다.

"기운이 없다면 뭔가 병이 있는 듯한데, 그렇담 식사는 제대로 하시오?"

"예, 하루 세 끼 꼬박꼬박 챙겨 먹습니다."

"허, 그런데 기운이 없다니 이상하군."

중년 의원이 고개를 갸웃거리자 이번에는 돌팔이 의원이 물었다.

"그럼, 술을 많이 하는 게로군?"

청년은 고개를 크게 가로저으며 대답했다.

"아닙니다. 술이 얼마나 몸에 해로운데 그걸 마시겠습니까? 저는 술은 고사하고 그 비슷한 맛이 나는 것조차 한 방울도 입에 대지 않습니다."

"그래? 밥도 잘 먹고 술도 안 하는데 기운이 없다……, 그것참, 기이한 일이로군."

잠시 생각해보던 돌팔이 의원이 또 물었다.

"그럼, 평소에 색(色)이 과한 모양이군그래."

"예? 그게 무슨 말씀이신지요?"

청년이 알아듣지 못하자 중년 의원이 나서서 말을 풀어주었다.

"밤일을 많이 하는 편이냐고 물으시는 걸세."

그러자 청년은 이번에도 손을 휘저으며 난색을 보였다.

"당치 않은 말씀이십니다. 밤일을 하면 기운이 얼마나 많이 빠지는데 그걸 자주 합니까? 두어 달에 하루 정도만 빼고는 한시도 여자를 가까이하지 않습니다."

그 말을 듣고 난 돌팔이 의원이 펄쩍 뛰었다.

"예라, 이 머저리 같은 녀석아! 겨우 두어 달에 한 번씩 계집질을 한다고?
나 같은 늙은이도 일주일에 한 번꼴로 밤일을 치르는데, 너처럼 힘이 넘쳐나
는 젊은 놈이 몸에 해롭다고 일부러 피한다니 말이 되느냐? 꼴도 보기 싫으
니 썩 꺼져라, 이놈아!"

돌팔이 의원의 호통에 청년은 기가 죽어 슬금슬금 꽁무니를 뺐다. 청년이
나가자 중년 의원이 물었다.

"아니, 기운이 없어 맥을 보려고 찾아온 사람을 그렇게 호통을 쳐서 보내
는 의원이 어디 있나?"

돌팔이 의원은 씩씩 숨을 몰아쉬며 대꾸했다.

"저런 놈이 환자는 무슨 환자인가? 밥 잘 처먹고 술 한 방울 안 마신다면
기운이 펄펄 넘쳐날 게 아닌가? 저런 놈은 식충이보다도 못한 놈이니 약이
따로 없네. 약이 있다면 딱 한 가지, 몽둥이가 약이지. 한번 호되게 몽둥이찜
질을 당하면 정신이 번쩍 들 터이니 그게 바로 명약이 아니겠는가?"

그 말에 중년 의원이 껄껄 웃으며 맞장구를 쳤다.

"하하하, 맞네그려. 듣고 보니 자네 말이 명처방일세."

과유불급(過猶不及). 지나치면 모자라는 것만 못하다는 뜻이다. 아무리
맛있고 좋아하는 음식이라도 너무 많이 먹으면 배탈이 난다. 반대로 아
무리 맛없고 싫어하는 음식이라도 몇 날 며칠을 굶고 나면 먹을 수밖에 없다.
사람이 살면서 몸에 해롭다고 하여 그것들을 지나치게 피하는 것은 결코 좋은
일이 아니다. 이건 이래서 하지 않고, 저건 저래서 먹지 않고, 이런 식으로 하나
둘 가리다보면 나중에는 먹을 것도 없고 할 일도 없어진다. 그건 병이다.

『논어』 선진편에 이런 대목이 나온다.
자공이 공자에게 물었다.
"자장과 자하 중에 누가 더 뛰어납니까?"
공자가 대답하였다.
"자장은 재주가 지나치고, 자하는 모자란다."
자공이 다시 물었다.
"그러면 자장이 더 뛰어나다는 말씀이십니까?"
공자가 대답하였다.
"아니다. 지나치다는 것은 모자란 것과 별반 다를 게 없다."

공자님 말씀대로 적당히 취하고 적당히 삼가는 지혜가 필요하다. 즉, 중용(中庸)이 중(重)하다는 말이다.

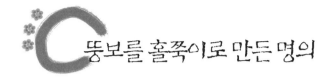

뚱보를 홀쭉이로 만든 명의

돌팔이 의원이 용하다는 말을 듣고 멀리 떨어진 마을에 사는 뚱뚱한 여인이 찾아왔다. 그 여인은 어찌나 살이 쪘는지 걸어다니는 것조차 위태로워보였다. 마치 둥글고 거대한 바위가 굴러가는 것처럼 언제 왼발이 나가고 언제 오른발이 나갔는지 분간하기 힘들 정도였다. 또 어디까지가 허리이고 어디까지가 장딴지인지, 어디가 가슴이고 어디가 배인지, 목은 있는 건지 없는 건지 도무지 구분되지 않았다.

그녀는 이렇게 살이 찌다가는 움직이는 일조차 힘들어질 것 같은 두려움에 의원을 찾아왔다고 했다.

"의원님, 보시다시피 저는 이렇게 주체할 수 없이 살이 쪄서 앞으로 살이 더 붙어나면 더이상 움직일 수 없게 될지도 모릅니다. 그래서 그나마 걸음이라도 뗄 수 있을 때 처방을 받으려고 찾아왔으니 혹시 살 빠지는 약 같은 게 있으면 처방 좀 해주세요. 아니면 침이라도 맞을까요?"

여인은 미어지는 양 볼을 간신히 움직여가며 말을 꺼냈다. 돌팔이 의원은 진맥을 한번 짚어보더니 뭔가를 골똘히 생각했다. 한참 뒤에 눈을 뜬 의원은 여인의 눈을 유심히 바라본 뒤 태연스레 말했다.

"먼 곳에서 왔다고 했는데, 숙식은 어떻게 해결할 요량인가?"

"보름이든 한 달이든 살을 뺄 때까지는 이 마을에서 하숙할 생각이니 그 점은 염려치 마세요."

"그렇다면 다행이군. 아무래도 살을 빼려면 시일이 좀 걸릴 듯하니 마음을 단단히 먹도록 하게. 아, 그리고 노잣돈은 여유 있게 가지고 왔는가? 진료비가 좀 비쌀 텐데."

"돈 걱정은 안 하셔도 됩니다. 아예 일 년치 생활비를 준비해왔으니까요."

"음, 그래? 오늘 진료비는 좀 비싸다네. 그럼, 먼 길 오느라 피곤할 텐데 그만 돌아가 쉬고 내일 다시 오게."

침도 놓지 않고 약 처방 하나 없었는데도 진료비는 엄청나게 비쌌다. 그래도 여인은 의원의 명성 때문에 군말 없이 진료비를 내고 돌아갔다.

이튿날, 여인이 다시 의원을 찾아왔다.

"의원님, 오늘은 약이라도 지어주시는 거죠?"

그러자 돌팔이 의원은 다시 한 번 여인의 눈을 유심히 쳐다본 뒤 말했다.

"자네에게는 지금 그 어떤 약도 필요 없다네."

"그게 무슨 말씀이시죠? 약이 필요 없다니요?"

여인은 깜짝 놀라 되물었다.

"내가 어젯밤에 한숨도 안 자고 의학서를 뒤져보았네."

"왜요?"

"솔직히 어제 자네의 진맥을 보고는 쉬이 답을 얻을 수가 없어 좀 미적거린 면이 없지 않았지."

"그래서 침도 안 놓고 약도 한 봉지 안 주신 거였군요. 그런데요?"

"그런데 진료비는 남들보다 두세 배나 더 받아놓았으니 어떻게든 자네의 고민을 해결해줘야 할 것 아닌가? 그래서 밤새 의학서를 뒤진 것인데 역시 답을 내기가 쉽지 않더군. 그래서 점을 쳐보았지. 그랬더니……."

돌팔이 의원은 잠시 말을 멈추며 또다시 여인의 눈을 주시했다.

"그랬더니요?"

"놀라지 말고 침착하게 듣게. 점을 쳐봤더니, 앞으로 자네는 일주일이나 열흘 정도밖에 살 수 없다는 점괘가 나왔다네. 그러니 이런 판국에 살 빠지는 약 따위가 무슨 소용이겠나?"

"뭐라고요? 그게 정말이세요?"

"세상의 온갖 의학서를 뒤지고 점술까지 동원해서 얻은 결과이니 틀림없을 걸세. 그러니 이제 그냥 집으로 돌아가서 마지막 정리를 하게."

순간 여인의 얼굴이 하얗게 질리더니, 이내 몸까지 부들부들 떨었다.

세상에 이런 날벼락이 또 있을까. 문을 나서는 여인의 눈에는 세상이 온통 먹빛이었다.

살을 빼지 않고는 집에 돌아가지 않겠다던 애초의 다짐도 의원의 그 말 한마디에 물거품이 되었다. 넉넉잡고 한 달 일정으로 떠나온 집으로 여인은 단 하루 만에 다시 돌아오게 되었다. 집에 돌아와서도 머릿속에는 온통 죽음에 대한 생각뿐이었다. 밥도 먹기 싫었고, 잠도 오지 않았다.

'아, 내 인생이 이렇게 허무하게 끝나다니……. 뚱보면 어떤가? 이대로 일 년 만이라도 더 살았으면…….'

여인은 그렇게 열흘 동안 죽음에 대한 공포에 시달렸다. 아무것도 먹지 못했고 잠도 거의 자지 못했다. 허기가 져 일어날 수도 없어 자리에 누워 있기만 했다. 조용히 죽음을 맞이할 생각이었던 것이다. 그런데 열흘이 지나자 놀라운 일이 생겼다. 어느새 여인은 몰라볼 정도로 살이 빠져 있었다.

열하루째가 되었다. 의원의 말대로라면 여인은 오늘쯤 저세상 사람이 돼 있어야 했다. 그러나 여인은 살아 있었다. 허벅지를 꼬집어보고 뺨을 때려봐도 분명 현실이었다. 그래도 언제 죽음이 찾아올지 모른다는 불안감에 떨며 조마조마하게 또 열흘을 보냈다. 하지만 여인은 죽지 않았다.

그제야 여인은 뭔가 잘못되었다는 생각이 들어 의원을 찾아갔다.

"의원님, 제가 죽을 거라는 날로부터 열흘이나 더 지났는데도 저는 이렇게 살아 있네요. 의원님의 점술이 잘못된 게 아닐까요?"

그러자 돌팔이 의원은 크게 웃으며 대꾸했다.

"하하하, 이제야 그 사실을 깨달았단 말인가? 역시 몸이 뚱뚱하면 생각도 느려진다는 말이 맞군그려. 아니지, 이제 자네는 뚱보가 아니지. 하하하!"

"예? 그럼 처음부터 저한테 거짓말을 했단 말이군요."

"애초부터 난 점 따위는 보지도 않았네. 나는 의원이지 점쟁이가 아니거든. 하하하!"

"아이고, 분해라. 순 돌팔이 의원 아니세요! 그러면서 진료비는 그토록 비싸게 받고……. 어서 진료비나 돌려주세요!"

여인은 그동안 자신이 겪었던 고통스런 나날들을 떠올리며 불같이 화를 냈다.

"허허, 진정하게. 그리고 내가 돌팔인지 명의인지는 지나가는 사람들을 붙잡고 한번 물어보게나. 난 절대 진료비를 돌려줄 수 없네."

"왜죠?"

"정말 몰라서 묻는가? 그럼, 내가 하나 묻지. 지금 자네 모습을 보게. 살이 빠졌나, 안 빠졌나?"

여인은 이제 홀쭉이라고 해도 될 만큼 살이 빠져 있었다.

"물론 살이야 빠졌지요. 그동안 죽음에 대한 공포 때문에 제대로 먹지도 못하고 잠도 못 잤으니까요."

"바로 그 공포심이 내가 자네에게 지어준 약이라네. 그런 명약을 먹었으니 그 정도 진료비는 내야 하는 게 당연한 일 아니겠나?"

 이 이야기는 탄자니아에 전해내려오는 민담을 각색한 것이다. 역시 앞의 두 이야기와 맥을 같이한다고 볼 수 있는데, 동서양을 막론하고 사람의 마음이 지니고 있는 힘이 얼마나 대단한지를 일깨워주고 있다.

다음은 『채근담』에 나오는 한 구절이다.

수레를 뒤엎는 사나운 말도 길들이면 부릴 수 있고, 녹으며 튀는 쇠붙이도 결국에는 그릇이 된다. 사람이 하는 일 없이 놀기만 하고 노력이 없으면 평생 아무 것도 이룰 수가 없다. 백사 선생이 말하기를 "사람의 병 많음이 근심이 아니라, 평생토록 마음의 병 하나 없는 것이 근심이다"라고 했다. 참으로 옳은 말이다.

'육체의 병이 두려운 것이 아니라 마음에 병이 들까봐 근심이다'라는 구절은 오래 생각하도록 만든다.

이승에 남은 사랑

✿ 중국 어느 마을에 솜씨가 뛰어난 화공과 눈부시
도록 아름다운 그의 아내가 살고 있었다. 두 사람은 금실이 좋아 마을 사람
들의 부러움을 샀다. 흔한 말로 화공의 집에서 나오는 깨소금을 퍼 담으면
온 마을 사람들이 1년을 먹고도 남을 것이라며 농을 던질 정도였다.

화공 부부는 마을 사람들과도 모나지 않게 둥글둥글 어울려 지냈다. 그러
던 어느 날, 고을 현령이 새로 부임해오면서 불행의 씨앗이 싹트기 시작했
다. 새로 부임한 현령은 포악하기로 이름난 자여서 마을 사람들은 몹시 불안
해했다.

아니나 다를까. 현령은 부임해온 첫날부터 본색을 드러내기 시작했다.

"여봐라, 이방! 이 고을에는 절세미녀들이 많다는데, 어디 한번 구경이나
해보자."

"예, 당장 불러들이겠습니다."

이방은 이참에 현령에게 점수를 따려고 마을에 있는 미인들을 전부 불러 모았다. 하지만 평소 여자 보는 눈이 워낙 높은 현령인지라 이방이 불러들인 여자들 중에서는 눈에 차는 얼굴이 하나도 없었다.

"이방은 이런 얼굴이 미인이라고 생각하나? 나 원, 그렇게 눈이 낮아서야 앞으로 내 옆에서 어떻게 제대로 일을 하겠는가?"

그 말에 뜨끔한 이방은 준비해둔 비장의 카드를 내밀었다.

"아직 한 여인이 남아 있긴 합니다만……."

"오, 그래? 그게 누군가?"

"하지만 이미 임자가 있는 몸이라서……."

"그런 건 이방이 상관할 바가 아니니 누군지 말이나 해보게."

"예, 마을 입구에 사는 화공의 마누라가 기막힌 절색입지요."

"오, 그런가? 어디 얼마나 절색인지 얼굴 좀 구경하자. 어서 가서 당장 데리고 오너라."

"하지만 남들 눈도 있고 하니 오늘은 그냥 몰래 가서 얼굴만 보고 오시지요. 마음에 안 드실 수도 있고 하니……."

"네 말도 일리가 있구나. 좋다, 그렇게 하자."

미색이 있는 곳이라면 천릿길도 마다하지 않을 현령이었기에 그는 얼른 평복으로 갈아입고 이방의 안내를 받아 화공의 집 근처로 갔다. 때마침 화공의 아내는 물을 긷기 위해 대문을 나서는 중이었다.

"아니, 저리도 아름다울 수가!"

현령은 그녀에게 한눈에 반해버렸다.

"과연 절색이로다."

"어떻습니까? 마음에 드시는지요?"

"마음에 들고말고. 저 여인은 분명 하늘에서 내려온 선녀일 게야."

화공의 아내가 저만치 사라질 때까지도 현령은 자리를 떠나지 못한 채 넋을 잃고 그녀를 바라보았다.

관가로 돌아온 현령은 화공의 아내가 자꾸 눈앞에 어른거려 그날 밤 잠을 이룰 수가 없었다.

'내가 늘그막에 상사병까지 걸리다니……. 내 요량대로라면 그 계집을 확 낚아채야 속이 풀리겠지만 그래도 남의 이목을 생각하지 않을 수 없으니 이를 어찌한다.'

현령은 하얗게 밤을 밝히며 묘안을 궁리했다. 그리고 이튿날 아침, 서둘러 이방을 불렀다.

"지금 당장 화공의 집으로 가서 그 여인을 끌고 오너라."

"그렇게 되면 남의 이목이 있어서……."

"그건 걱정 말고 포박을 해서 잡아들여라."

"포박까지 하다니요? 그럼 더욱 남의 이목이……."

"말이 많구나! 내게 다 묘안이 있어서 그러는 것이니, 너는 하라는 대로 따르기만 하면 된다."

이방은 현령의 명대로 화공의 집으로 달려가 그의 아내를 밧줄로 묶어 끌고 왔다. 그녀가 관가의 마당에 꿇어앉자 현령이 말했다.

"네 죄가 무엇인지 알렸다?"

영문도 모른 채 끌려온 화공의 아내는 눈물로 항변했다.

"억울합니다. 제가 무슨 죄를 지었다고 포박까지 하여 끌고 오십니까?"

"정말 지은 죄가 없다는 말이냐?"

"하늘에 맹세코 저는 지은 죄가 없습니다."

현령은 빙긋이 웃음을 머금은 채 말했다.

"그렇다면 내 일러주지. 옛말에 경국지색이란 말이 있느니라. 한 나라를 망칠 만큼 아름다운 미녀라는 뜻이지. 이는 곧 너를 두고 한 말이다, 이런 얘기다."

한심한 노릇이 아닐 수 없었다. 밤새 생각해냈다는 묘안이 겨우 경국지색을 빗대어 남의 여자를 옭아맬 수작이었으니, 너무도 기가 막혀 삼척동자가 혀를 찰 노릇이었다.

"경국지색이라니, 당치 않은 말씀입니다."

"허어, 그래도 이년이 입을 놀리는구나. 내가 이 고을에 와보니 너 때문에 밤잠을 이루지 못하는 사내들이 많더구나. 심지어 병이 난 자도 있었다. 또한 너로 인해 부부 간의 싸움이 그칠 날이 없으니 이것이 큰 죄가 아니고 무엇이란 말이냐?"

"말도 안 되는 말씀입니다. 저는 지금까지 동네 사람들과 어울려 잘 지내고 있습니다. 저 때문에 병이 나고 싸운 사람이 있다는 소리는 현령께 처음 들었습니다."

"시끄럽다! 이제 네 선택만이 남았다. 옥살이를 하겠느냐, 아니면 내 소실로 들어오겠느냐?"

화공의 아내는 그제야 현령의 꿍꿍이를 알아챘다. 금수 같은 현령의 의중을 읽은 화공의 아내는 돌연 태도를 바꿔 눈을 부릅뜨며 소리쳤다.

"이런 버러지만도 못한 인간 같으니, 어서 나를 옥에 가둬라!"

"좋다. 누가 이기나 한번 해보자. 여봐라, 저년을 당장 옥에 처넣어라!"

화공의 아내는 옥살이를 피할 길이 없었다.

한편, 집으로 돌아온 화공은 아내가 관가에 끌려갔다는 소리를 듣고 단숨에 관가로 달려가 현령에게 항변했지만, 매만 두들겨 맞고 쫓겨나고 말았다.

"내가 이토록 힘이 없으니, 이 억울한 일을 어디다 하소연한단 말인가!"

화공은 부아가 치밀었지만 현령의 위세 앞에서는 계란으로 바위를 치는 격이었다. 그저 속으로 분을 삭이는 수밖에 없었다.

그날 밤, 집으로 돌아온 화공은 옥에 갇힌 아내를 생각하며 밤새 종이에다 그림을 그렸다. 정성을 쏟아 그린 그 그림은 다름 아닌 꽃 한 송이였다.

이튿날 동이 트기 무섭게 화공은 완성한 꽃 그림을 가지고 관가로 달려갔다. 하지만 막상 그림을 아내에게 전하는 일은 막막할 뿐이었다. 관가 안으로 들어갈 수가 없었기 때문이다. 그래서 화공은 담을 따라 걷다가 아내가 있는 감옥 근처에서 발길을 멈췄다. 고개를 들어 위를 바라보니 감옥은 높은 축대 위에 있었다. 겨우 두세 뼘 정도의 작은 쇠창살이 막 떠오르는 아침 햇살에 반짝이고 있었다. 그처럼 높고 작은 쇠창살 안으로 자신의 그림을 전해주는 일은 거의 불가능했다.

'아, 한 번만이라도 아내의 얼굴을 보았으면……. 그것도 안 된다면 이 꽃 그림이라도 아내에게 전해주었으면…….'

화공은 끝내 모든 것을 단념하고 아내가 갇힌 감옥 밑에 주저앉아 땅을 판 뒤 밤새 그린 그림을 묻고 흙을 덮었다. 얼마나 서럽게 울었는지 흙까지도 흥건히 젖어버렸다.

날이 새자, 화공은 자신의 삶을 한탄하며 스스로 목숨을 끊었다.

시간이 흘러 화공이 그림을 묻은 자리에서 싹 하나가 돋았는데, 그 싹은 거침없이 줄기를 뻗고, 단숨에 화공의 아내가 있는 감옥의 쇠창살까지 이르렀다. 화공의 눈물이 거름이 되었던 것이다.

창살 앞에 다다른 줄기는 마침내 꽃 한 송이를 피웠는데, 그 꽃은 아침에

만개했다가 낮이 되면 오므라들었다. 꽃이 나팔 모양과 흡사해서 사람들은 그 꽃을 나팔꽃이라 불렀다.

억울함을 참지 못해 스스로 목숨을 끊은 화공의 넋이 죽어서도 저승으로 가지 못하고, 꽃이 되어 이승에 남아 아내의 얼굴이라도 보려 했다며 사람들은 화공에게 동정을 아끼지 않았다.

> 무슨 일에든 지극 정성을 다하면 하늘도 감동한다고 했다. 인력으로 할 수 있는 일에는 한계가 있기 마련이지만, 이따금 사람이 사는 세상에도 기적 같은 일이 벌어지곤 한다. 어떤 초능력 같은 기이한 힘이 사람에게 전이되어 일어나는 이러한 현상은 과학으로는 설명되지 않는다. 물론 나팔꽃 이야기가 실제 있었던 일이라는 말은 아니다. 하지만 흡사한 일들이 세상 도처에서 벌어지는 것을 어떻게 설명할 수 있을까? 역시 하늘을 움직이는 방법은 지극한 정성뿐인 듯싶다.

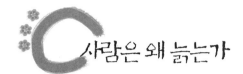

사람은 왜 늙는가

 사람은 왜 늙는가에 대해 항상 고민하는 젊은 이가 있었다. 젊은이는 도대체 인생이란 무엇이고, 행복이란 어떤 것을 말하는지 궁금해서 견딜 수가 없었다. 그러던 중 하루는 마을을 산책하다가 얼굴에 주름살이 가득한 노인이 지나가는 것을 보고 그에게 다가갔다.

'저 노인이라면 인생 경험이 풍부할 테니 내가 궁금해하는 것들에 대해 명쾌한 답을 해줄지도 모르겠다.'

하지만 그 노인은 고개를 저으며 대답했다.

"미안하네. 나는 아직 인생을 덜 살았기 때문에 그 문제에 대해 답을 줄 수가 없네. 하지만 우리 둘째 형님이라면 나보다 오래 사셨으니 답을 해줄지도 모르지."

젊은이는 노인의 둘째 형님을 찾아갔다. 집 앞에 이르러 대문을 두드리니 아까 길에서 본 노인보다 젊은 노인이 나오는 게 아닌가. 젊은이는 흠칫 놀라고 말았다.

"여기 주인어른을 뵙고자 찾아왔습니다. 지금 집에 계신가요?"

"내가 이 집 주인이오만……."

"예? 아니, 어떻게 형님 분이 더 젊으신가요?"

노인은 그저 웃기만 할 뿐 대답을 하지 않았다. 어쨌든 이 노인이 둘째 형님이라는 사실을 확인하고 나자 젊은이는 궁금한 것을 물어보았다. 그러자 노인이 대답했다.

"나도 아직 인생을 덜 살았기 때문에 뭐라고 해줄 말이 없구먼. 나보다는 우리 큰형님을 한번 만나보게. 아마 그분이라면 대답을 주실 수 있을 거야."

그래서 젊은이는 다시 큰형님이라는 노인의 집으로 찾아갔다. 그런데 더욱 놀라운 사실은 그 큰형님이라는 노인이 두 동생들보다 훨씬 젊다는 것이었다.

'내가 귀신에 홀렸나? 어떻게 나이가 많을수록 더 젊을 수가 있지?'

젊은이는 이상하게 여겨 노인에게 물었다.

"참 이상하군요. 저는 방금 두 아우님들을 만나고 오는 길인데 어찌해서 형님이라는 분들이 더 젊을 수가 있죠?"

그러자 노인이 껄껄 웃으며 말했다.

"허허, 그 이유를 설명하자면 아주 복잡하다네."

"그래도 왜 그런지 몹시 궁금하니 들려주시지요."

"이야기를 하자면 길어질 테니, 내가 행동으로 보여줌세."

노인은 젊은이에게 안으로 들어오라 일렀다. 그리고 자신의 아내에게 큰 소리로 말했다.

"여보! 우리 집에 손님이 찾아오셨소. 잘 익은 수박 한 통만 내오시오."

그러자 큰형님의 아내는 잘 익은 수박 한 덩이를 들고 나와 탁자 위에 공손히 올려놓았다. 그런데 아내가 칼로 수박을 자르려고 하자 노인이 말했다.

"이 수박은 잘 익은 것 같지 않으니 다른 수박으로 바꿔오시오."

"예, 알았어요."

아내는 일절 군소리 없이 가져왔던 수박을 들고 나갔다. 그리고는 이내 다시 수박 한 덩이를 들고 와 탁자 위에 살며시 올려놓았다. 그러자 큰형님은 또 수박이 잘 익지 않은 것 같다며 다른 것으로 바꿔오라고 했다. 아내는 다시 공손히 대답하며 수박을 바꿔왔다. 그러기를 수십 번 반복한 끝에 비로소 큰형님은 수박을 먹기 시작했다. 그러나, 큰형님 집에는 수박이 단 한 통밖에 없었다. 즉, 큰형님의 아내는 수박 한 통을 가지고 부엌과 거실 사이를 들락날락했던 것이다.

수박을 다 먹은 뒤 큰형님은 젊은이를 데리고 첫째 아우의 집으로 갔다. 아우는 형님을 반갑게 맞이하며 아내를 불렀다.

"여보, 형님이 오셨네. 잘 익은 수박 한 통 내오시구려."

그러자 아우의 아내는 조금 퉁명스럽게 대답했다.

"알았어요. 기다려요."

잠시 후 아내가 수박을 갖고 나오자 아우가 말했다.

"여보, 이 수박은 잘 익은 것 같지 않으니 다른 수박을 내오구려."

아내는 남편의 말에 아까보다 더 퉁명스럽게 대꾸하며 다른 수박으로 바꿔왔다. 아내가 수박을 바꿔오자 이번에도 남편은 다시 다른 것으로 바꿔오라고 했다. 그러기를 열 번 정도 거듭하자 아내가 화를 내며 말했다.

"도대체 몇 번이나 사람을 오라가라 하는 거예요? 이제 더이상은 못하겠으니 드시든지 말든지 마음대로 하세요."

젊은이가 부엌으로 가보니 그곳에는 모두 열 통의 수박이 있었다.

큰형님은 다시 젊은이를 데리고 둘째 아우의 집으로 갔다. 젊은이가 처음 길에서 만난 그 노인의 집이었다.

둘째 아우 역시 큰형님을 반갑게 맞이했다. 그리고 자신의 아내에게 잘 익은 수박 한 통을 내오라고 했다. 아우의 아내는 매우 불쾌한 표정을 지으며 마지못해 수박 한 통을 들고 와 탁자 위에 턱하니 올려놓고 나가버렸다. 아내의 불손한 행동에 아우는 신경질을 내며 버럭 소리를 질렀다.

"당신, 행동이 왜 그렇소? 큰형님이 손님까지 모시고 오셨는데 말이오!"

남편의 질타에 아내도 지지 않고 화를 내며 대꾸했다.

"수박을 갖다달래서 갖다주었는데 왜 소리를 치고 난리예요?"

아우는 얼굴이 벌게진 채 더욱 소리 높여 외쳤다.

"이 수박은 너무 오래된 것 같으니 싱싱한 것으로 당장 바꿔오시오!"

하지만 아내는 팔짱을 낀 채 꼼짝하지 않았다.

"흥! 먹을 사람이 갖다 먹어요. 수박은 부엌에 잔뜩 쌓여 있으니."

부엌에 가보니 정말 큼지막한 수박이 수북하게 쌓여 있었다. 막내가 세 형제 중 가장 부자였기 때문에 먹을 것은 두 형들보다 풍족했던 것이다.

둘째 아우의 집을 나서며 큰형님이 젊은이에게 말했다.

"이제 알겠나? 내가 왜 내 아우들보다 젊은지를……."

젊은이는 고개를 끄덕였다. 사람이 얼마나 늙느냐는 흐르는 세월이 아니라 얼마나 행복하게 사느냐에 달려 있는 것이다.

행복은 억지로 구할 수 없는 것이다. 그러므로 스스로 즐거운 마음을 길러서 행복을 부르는 원천으로 삼아야 한다. 『채근담』의 한 구절이다. 수박을 바꿔오라는 남편의 말을 액면 그대로 받아들여 수박을 바꿔오는 아내를 어떻게 보아야 할까. 보는 관점에 따라 여성을 비하하고 있다는 주장이 나올 법도 하겠으나, 어차피 할 일이었기에 즐거운 마음으로 행한 것이라는 쪽에 점수를 더 주고 싶다. 지는 것이 이기는 것이라는 말도 있듯이, 수십 번씩 수박을 바꿔 내오라고 명령한 남편보다는, 그 명령을 말없이 수행한 아내의 도량이 더 넓다는 것은 주지의 사실이리라.

이런 이야기 한 편도 곁들여본다.

어느 나라에 세상에 부러울 것 하나 없이 사는 왕이 있었다. 그 왕은 매일 비단 옷을 걸치고 진수성찬이 차려진 식탁에 앉아 식사를 했다. 왕 밑에서 일하는 관료들도 부러울 것이 없기는 마찬가지였다. 그들 역시 임금이 내려준 옷과 음식으로 호사스러운 생활을 즐기고 있었다. 그러던 중 나라에 아주 골치 아픈 문제가 생겼다. 왕은 문제를 해결하려고 며칠 동안 고민했으나 좋은 방안을 찾을 수가 없었다. 그래서 하루는 신하들을 전부 불러들여 좋은 해결책을 제시하도록 했다. 하지만 거기서도 뾰족한 묘안이 나오지 않자 왕은 "정말 왕 노릇도 힘들어서 못해먹겠구나" 하며 한숨을 쉬었다. 회의를 마치고 궁전을 나오면서 신하들도 "관료 노릇도 힘들어서 못해먹겠다. 에구 골치야!"라며 불평을 늘어놓았다. 그때 어디선가 콧노래 소리가 들려왔다. 주위를 돌아보니 궁전의 한쪽 구석에서 정원사가 나무를 다듬으며 콧노래를 부르고 있었다. 정원사의 표정에는 아무런 근심이 없어보였다. 열심히 일하면서 땀을 흘리기는 했지만, 신하들처럼 힘들어하는 내색은 전혀 없었던 것이다.

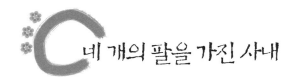

네 개의 팔을 가진 사내

베 짜는 일을 업으로 삼고 살아가는 한 사내가 있었다. 그는 다른 일은 전혀 하지 않고 오로지 베 짜는 일만 해서 아내와 아이들을 먹여 살리는 일꾼이었다. 잠시도 한눈팔지 않고 매일같이 일만 하는 성실함 덕분에 그는 별 어려움 없이 처자식을 건사할 수 있었다.

하지만 그런 그에게도 단점이 있었는데, 욕심이 지나쳤고, 일을 하다가 이따금 공상에 빠진다는 것이었다. 욕심 많은 것이야 일 욕심이 많다고 치면 그냥 넘길 수도 있었지만, 공상에 빠지는 일은 나중에 큰 화를 불러올 소지가 있었다.

아닌 게 아니라, 어느 날부터인가 사내는 일을 하다 말고 짜증을 내며 불평을 늘어놓는 일이 잦아졌다.

"조물주는 왜 사람의 팔을 두 개만 만드셨을까? 팔이 두 개밖에 없으니 일할 때도 힘이 들잖아. 만약 팔 두 개가 더 있다면 지금 내가 하는 일을 두 배는 더 잘할 수 있을 텐데. 그렇게 되면 나는 지금보다 두 배는 더 돈을 벌 수 있을 테고……."

이런 엉뚱한 공상 때문에 멍하니 일손을 놓고 앉아 있기 일쑤였다.

그러던 어느 날이었다. 여느 때처럼 그는 아침부터 베틀에 앉아 열심히 일을 하고 있었다. 그런데 갑자기 베틀에서 털커덕, 하는 소리가 나더니 나무 하나가 부러지는 게 아닌가.

"이런 제기랄. 별 게 다 속을 썩이는구면. 오늘까지 베를 짜서 시장에 갖다줘야 하는데 하필 이렇게 바쁜 시간에 말썽을 부릴 게 뭐람. 아, 정말 짜증 나네."

그는 신경질을 내며 자리에서 벌떡 일어나 마당으로 나가 베틀에 갈아끼울 나무를 찾아 여기저기 두리번거렸다. 하지만 적당한 나무가 눈에 띄지 않았다.

"개똥도 약에 쓰려면 없다더니, 그리도 흔하게 굴러다니던 나무들이 죄다 어디로 간 거야. 에잇, 신경질 나!"

그는 도끼를 들고 산으로 올라가 적당한 나무를 찾아다녔다. 베틀에 쓸 나무는 너무 커도 안 되고 너무 작아도 안 되는 터라 꼼꼼하게 주위를 둘러보았다. 그러다가 마침내 구하려던 나무를 찾아냈다.

"이 정도면 되겠구나. 시간이 없으니 빨리 베어서 다듬어야겠다."

그는 도끼를 들어 나무 밑동을 찍으려고 했다. 그 순간, 어디선가 슬픈 목소리가 들려오는 게 아닌가.

"잠깐만요. 왜 하필 저를 선택하셨죠?"

가만히 들어보니 나무에서 나는 소리였다. 그는 깜짝 놀라 도끼를 내려놓고 나무의 말에 귀를 기울였다.

"저는 너무 어려서 쓸모가 없을 거예요. 여기 주변을 살펴보세요. 저보다 굵고 튼튼한 나무들이 얼마든지 있잖아요? 제발 저를 살려주세요."

하지만 사내는 콧방귀를 뀌며 나무의 말에 아랑곳하지 않았다.

"안 돼. 나는 한시라도 빨리 베틀을 고쳐 일을 해야 한다고. 너보다 큰 나무는 다듬는 데 시간이 오래 걸린단 말야. 네가 가장 적당하다고."

사내는 다시 도끼를 들어 나무를 내리치려고 했다.

"아저씨, 잠깐만, 제 말 좀 더 들어주세요. 정말 잠깐이면 돼요."

나무의 애원에 사내는 도끼질을 하려던 손을 멈추었다.

"좋아. 딱 한 마디만 더 해봐. 하지만 이게 마지막이야. 난 시간이 없어."

나무가 간절한 목소리로 애원했다.

"제발 살려주세요. 그렇게만 해주신다면 아저씨의 소원 한 가지를 들어드리겠어요."

소원을 들어준다는 말에 사내의 귀가 번쩍 뜨였다.

"뭐라고? 내 소원을 들어준다고?"

"네, 그래요."

하지만 그는 나무의 말을 곧이곧대로 믿지 않았다.

"너 정말 웃기는구나. 나무 주제에 무슨 힘이 있다고 내 소원을 들어준다는 게냐? 어떻게든 도끼 맛을 보지 않으려고 순 거짓말만 늘어놓고 있구나. 에잇, 쓸데없이 시간만 낭비했군."

사내는 다시 도끼를 번쩍 쳐들었다.

"아니에요! 부디 제 말을 믿어주세요. 제겐 딱 두 번 사람의 소원을 들어줄 힘이 있답니다."

나무의 말에 사내는 또 마음이 흔들렸다.

"그 말을 믿어도 되겠니?"

"한 번만 저를 믿어보세요. 만약 제가 소원을 들어주지 못하면 그때 가서 저를 뿌리째 뽑아버려도 좋아요."

그는 속는 셈치고 못 이기는 척 나무에게 말했다.

"좋다. 그렇담 내 소원을 말하지. 나는 팔이 두 개라서 열심히 일을 해도 돈을 많이 벌 수 없어. 그래서 말인데, 내 팔을 네 개로 만들어줄 수 있겠니?"

사내의 욕심이 또 꿈틀거렸던 것이다.

"그 정도는 아무 문제없어요. 이제 집으로 돌아가서 베틀을 고쳐 일을 시작하세요. 그러면 팔이 곧 네 개가 될 거예요."

사내는 다른 나무를 베어 산을 내려왔다. 그리고 곧바로 베틀을 고친 뒤 일을 시작했다. 그런데 신기하게도 일을 시작한 지 얼마 지나지 않아 나무의 말대로 팔이 네 개로 늘어나 있었다. 그는 기쁜 마음에 어쩔 줄을 몰랐다.

"이게 꿈이야? 생시야?"

사내는 연신 허벅지 살을 꼬집어보았다. 얼마나 세게 꼬집었는지 아픔이 머리끝까지 전해졌다.

"오! 이제 나는 곧 부자가 될 거야. 지금까지 돈 좀 있다고 나를 깔보던 놈들아, 기다려라. 너희들 코를 납작하게 해줄 테니. 하하하!"

사내는 당장 부자라도 된 것처럼 혼자 신이 나서 열심히 베를 짰다. 아닌 게 아니라 팔이 두 개였을 때보다 훨씬 빠르게 일을 할 수 있었다. 한 시간에 마칠 일을 삼십 분도 안 돼 끝내버렸다.

그러나 이런 기쁨도 잠시, 곧 사내의 불행이 시작되었다.

"에구머니나! 괴, 괴물이다!"

집으로 돌아온 사내의 아내가 베틀 앞에 앉아 있는 남편을 보더니 갑자기 소리를 질렀다.

"여보, 나야. 당신 남편이라고. 난 괴물이 아니야."

사내는 당황스러웠지만 아내를 진정시키려고 다가갔다. 하지만 사내가 한 걸음 다가갈 때마다 아내는 서너 걸음씩 물러나며 기겁을 했다.

"가까이 오지 마! 내 남편은 팔이 두 개야. 네가 우리 남편 얼굴로 변장했다는 걸 내가 모를 줄 아느냐?"

아내는 옆에 있던 날카로운 쟁기를 집어들고 사내와 맞섰다.

"여보, 흥분하지 말고 나를 잘 봐. 당신 남편이라니까."

"흥, 그런 거짓말은 안 통한다. 어서 썩 꺼지지 못해!"

사내는 할 수 없이 집 밖으로 나왔다. 그대로 있다가는 날카로운 쟁기에 찔려 죽을 것 같았기 때문이었다.

집에서 쫓겨난 사내는 마을 사람들을 찾아가 자신이 남편이라는 사실을 자신의 아내에게 이야기해달라고 부탁했다.

"이봐, 김서방. 나 모르겠어? 나라고."

그러나 마을 사람들 역시 그를 외면했다. 아니, 외면하는 정도가 아니라 다들 마파람에 게 눈 감추듯 꽁무니를 빼며 어디론가 달아났다.

"대낮에도 도깨비가 마을을 활보하고 있네? 마을 사람들! 도깨비가 나타났소! 어서들 나와보시오!"

"이런, 도깨비가 나타났다. 죽여라, 죽여!"

아이들까지도 몰려와 그에게 돌팔매질을 했다.

사내는 할 수 없이 산으로 몸을 피했다.

'아, 내 신세가 어쩌다 이렇게 됐지? 집에서마저 쫓겨나고……'

신세한탄을 하던 사내에게 문득 나무가 했던 말이 떠올랐다.

'참, 사람의 소원을 두 번 들어줄 수 있다고 했었지. 한 번은 써먹었으니 아직 한 번은 남아 있겠군. 나를 다시 원래대로 돌려달라고 부탁해야겠다.'

사내는 한달음에 나무에게로 달려가 무릎을 꿇고 빌었다.

"나무야, 사람들이 나를 모두 괴물로 보는구나. 그러니 제발 나를 원래 모습으로 되돌려다오."

사내는 눈물을 뚝뚝 흘리며 나무에게 애원했다.

"팔을 네 개로 만들어달라더니 그새 마음이 바뀌었군요. 하지만 그 부탁은 들어주기 힘든데요."

나무는 금방 말을 바꾸는 사내가 괘씸해서 그의 부탁을 거절했다.

"그러지 말고, 나무야……, 내 마지막 소원이다."

그가 애처로운 표정으로 부탁하자 나무는 마지못해 청을 들어주기로 하고, 한 가지 조건을 내걸었다.

"제 밑을 보세요. 잡초들이 많이 자라고 있죠?"

"그렇구나."

"그 잡초들은 항상 제가 먹을 양분을 빼앗아 먹기 때문에 제가 빨리 자랄 수가 없어요. 그러니 매일 산에 올라와서 그 잡초들을 뽑아주세요. 그렇게 해준다면 소원을 들어드리죠."

"알았다. 그런 거라면 문제없다."

하지만 사내는 내심 나무와의 약속을 지키지 않을 셈이었다. 어떻게든 팔이 원래대로 되기만 하면 모든 게 끝날 것이라 생각했다. 그러나 나무는 사내의 속내를 훤히 들여다보고 있었다.

"만약 지금 저하고 한 약속을 어기면 다시 팔이 네 개로 늘어날 테니 알아서 처신하세요."

나무의 말에 사내는 뜨끔했다. 지금까지 보여준 나무의 신통력으로 미루어볼 때 결코 허튼소리는 아니었기 때문이다.

"그, 그럼. 절대 약속을 어기지 않을 게야."

"제 말을 꼭 명심하세요. 잡초 뽑는 일을 하루라도 거르면 당장 팔이 또 네 개로 될 겁니다."

"하늘에 맹세코 그 약속을 꼭 지키마."

겁이 난 사내는 진심으로 나무와의 약속을 지키겠다고 맹세했다.

다시 원래의 모습으로 돌아온 사내가 산을 내려오자 마을 사람들은 그를 반갑게 맞아주었다.

"이 사람아, 어디 갔다 오나? 아까 자네하고 똑같이 생긴 도깨비가 나타나는 바람에 한바탕 소동을 치렀었는데."

사내는 아무런 대꾸도 않고 피식 웃으며 서둘러 집으로 걸음을 옮겼다. 대문을 열고 들어서자 아내 역시 방금 전 괴물이 나타났었다며 호들갑을 떨었지만, 사내는 별다른 반응 없이 곧장 베틀 앞으로 가서 일을 시작했다.

결국 사내에게는 아무것도 변한 것이 없었다. 그 아내에, 그 자식에, 그 사람들에, 그 일 그대로였다. 달라진 것이 있다면 오직 하나, 매일 산에 올라가 잡초를 뽑아야 하는 일만 덤으로 얻은 셈이었다. 사내는 혼자 중얼거렸다.

"욕심 부리지 말고 베 짜는 일이나 열심히 할걸. 공연한 욕심 때문에 일할 시간만 빼앗겼군그래."

이튿날부터 그는, 팔이 넷 달린 괴물로 변할까봐 날이 밝기만 하면 부리나케 산으로 뛰어올라가 정성껏 나무 밑 잡초를 뽑은 뒤 돌아오곤 했다.

아프리카의 어느 지방에서는 원숭이를 사냥하는 법이 매우 특이하다고 한다. 우선 원숭이가 자주 다니는 길목에다 항아리 하나를 놓는다. 그 항아리 입구는 원숭이의 손이 겨우 들어갈 정도다. 항아리 안에는 바나나 같은 길쭉한 과일이나, 항아리 입구에 꼭 맞을 만한 과일을 넣어둔다. 원숭이는 길을 가다가 항아리를 발견하면 천천히 그리로 다가간다. 그리고는 항아리 안에 들어 있는 과일을 보고 천천히 항아리 입구로 손을 넣어 과일을 움켜쥔다. 곧 맛있는 과일을 먹게 될 일을 상상하면서. 하지만 원숭이는 자신의 달콤한 상상과는 달리 결국 그 과일을 먹을 수 없게 된다. 항아리에 손을 넣을 때는 쉽지만, 빼낼 때는 쉽지가 않기 때문이다. 움켜쥔 과일을 놓으면 손을 뺄 수 있을 텐데, 원숭이는 달콤한 과일에 대한 미련을 끝까지 버리지 않는다. 결국 덫을 놓은 사람에게 산 채로 잡혀갈 때까지도 원숭이는 손에 움켜쥔 과일을 절대 놓지 않는다는 것이다.

다행히 사람은 원숭이와 달리 이성을 가지고 있어서 어느 정도 욕심을 다스릴 줄 안다. 프로이트식으로 말한다면, 자아로써 이드를 다스릴 줄 안다고나 할까. 어쨌든, 지나친 욕심은 언제나 화를 부르기 마련이다.

61

끝없는 욕망

🌸 **어느 농부의 집 선반 위에** 잘생긴 나무껍질이 놓여 있었다. 농부는 나중에 장식품으로 사용하기 위해 나무껍질을 말리는 중이었다.

나무껍질은 주인의 무관심 속에 오랫동안 방치된 채 그 자리에서 딱딱하게 굳어만 갔다. 그렇게 사람들로부터 외면당하던 나무껍질은 어느 날 이런 생각을 하게 되었다.

'내가 이런 장식용밖에 되지 않다니……, 참으로 따분하구나. 그렇다고 일을 할 수도 없는 노릇이고. 옳지, 조물주에게 찾아가 인간으로 만들어달라고 부탁해봐야겠다. 사람이 되기만 하면 무슨 일이든 할 수 있을 테니 나도 쓸모가 생기겠지. 그럼 사람들도 내게 관심을 가질 테고 말이야.'

그래서 나무껍질은 조물주를 찾아갔다. 조물주는 이미 나무껍질이 찾아온 까닭을 알고 있었으나 짐짓 모른 체하며 말했다.

"내게 무슨 부탁이 있어 찾아온 것 같은데, 어서 말을 해보거라."

나무껍질은 기다렸다는 듯이 소원을 말했다.

"저는 지금 하루 종일 선반 위에 서 있기만 합니다. 저를 인간으로 만들어주시면 저도 쓸모 있는 존재가 되지 않을까요?"

"알았다. 네 소원대로 인간으로 만들어주마."

조물주는 망설이지 않고 나무껍질의 소원을 들어주었다.

인간이 된 나무껍질은 예전과는 달리 바삐 움직이며 인간들처럼 생활했다. 한데 그러다보니 기쁨도 잠시, 늘 어떠한 걱정에 시달리고, 몸도 쉽게 피로해져 일하는 것이 점점 귀찮아지기 시작했다.

그리하여 나무껍질은 또 다른 생각에 잠겼다.

'인간들은 아침 일찍 일어나 하루 종일 일만 해야 하니 정말 피곤하구나. 인간들 중에서도 부자는 그토록 힘들게 일하지 않아도 되니 내가 부자가 된다면 좀더 나은 생활을 할 수 있을 거야. 다시 조물주께 찾아가 부자로 만들어달라고 부탁해야겠다.'

나무껍질은 다시 조물주를 찾아가 자신의 소원을 말했다.

"부자가 되고 싶다고? 좋아, 네 소원을 들어주지."

조물주가 선선히 소원을 들어주어 나무껍질은 부자가 되었다.

부자가 되어 집으로 돌아온 나무껍질은 많은 하인을 거느리며 편안한 생활을 하였다. 하지만 시간이 지나자 다시 새로운 욕망이 꿈틀거렸다. 부자는 몸은 편하지만 사람들로부터 존경받지 못한다는 결점이 있었던 것이다. 그래서 나무껍질은 많은 사람들에게 존경받기 위한 방법에 대해 고민하다가 왕이 되고 싶은 욕심에 다시 조물주를 찾아갔다.

"저는 왕이 되고 싶습니다. 모든 이에게 존경받는 모습이 정말 좋아보이

더군요."

조물주는 순순히 나무껍질을 왕으로 만들어주었다.

왕이 되어 궁궐로 들어온 나무껍질은 이제 수많은 백성과 여러 부족을 거느리는 존재가 되었다. 얼마간은 왕 노릇에 재미도 느끼고 또 여러 사람들에게 존경도 받았다.

하지만 시간이 흘러, 지금 세상에는 왕보다 더 위대한 자리가 없다는 것을 알게 된 나무껍질은 이번에는 왕보다 더 높은 신의 위치에 서고 싶은 욕망이 샘솟았다.

나무껍질은 다시 조물주를 찾아갔다.

"저는 천제님 덕분에 나무껍질에서 왕의 자리까지 올랐습니다. 하지만 이상하게도 그것으로는 만족스럽지가 않습니다."

"그래? 그럼 이번에는 무엇이 되고 싶다는 것이냐?"

"제 마지막 소원이니 꼭 들어주십시오. 저는 천제님과 똑같은 신이 되고 싶습니다. 그렇게만 해주시면 더이상의 욕망은 생기지 않을 것 같습니다."

조물주는 크게 노해 큰소리로 나무껍질을 꾸짖었다.

"이런 괘씸한 놈이 있나! 하찮은 나무껍질 주제에 인간 최고 지위인 왕까지 올라갔으면 감지덕지하여 만족할 줄을 알아야지, 감히 내 자리까지 노릇! 너는 원래대로 돌아가야 제대로 정신을 차리겠구나."

그 순간, 왕은 다시 나무껍질로 변하고 말았다.

결국 나무껍질은 다시 농부의 집 선반 위에서 하루 종일 서 있는 신세가 되었다.

사람의 욕심은 끝이 없다. 욕심 많은 자는 금을 나누어주어도 옥을 얻지 못한 것을 한탄한다. 또한 공작으로 봉해주면 제후가 되지 못했다고 오히려 원망을 퍼붓는다. 가진 것이 많으면서도 더 많은 부를 얻기 위해 스스로 거지 노릇도 달게 여긴다.

석가모니는 '욕심이 타오르면 그것이 곧 불구덩이요, 탐애(貪愛)에 빠지면 그것이 곧 고해(苦海)다. 마음이 맑으면 불길도 연못이 되고, 마음이 깨닫게 되면 배는 피안에 닿는다'고 하였다. 사람이 생각을 바꾸면 이처럼 극과 극에 있는 마음이 순식간에 뒤바뀌게 된다. 마음을 다스린다는 것이 쉽지는 않은 일이지만 심기일전하여 거듭 노력할 만한 가치는 충분히 있으리라.

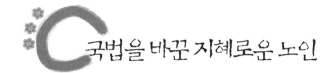

국법을 바꾼 지혜로운 노인

❀ **옛날 몽고인들은** 잔혹한 일을 서슴없이 저지르곤 하였다. 그 시절에는 사람이 예순 살이 되면, 자식이 노부모의 입에 양의 꽁지를 물리고, 동물의 뼈를 목구멍에 처박아 숨을 쉬지 못하게 하여 죽이는 관행이 있었다. 이런 식으로 노인들을 죽이지 않으면 일가족 모두가 몰살당하는 무서운 법이었다.

그 잔악무도한 시절, 어느 집에 예순 살된 노인이 있었다. 나라의 법대로라면 그 집 아들은 자기 손으로 아버지를 죽여야만 했다. 하지만 지금까지 온 가족을 먹여 살리기 위해 힘들게 일해온 아버지를 아들은 도저히 자기 손으로 죽일 수가 없어 고통스런 하루하루를 보내고 있었다.

'매일 매일이 고통의 연속이구나. 만약 아버지를 죽이지 않으면 우리 가족 모두가 죽임을 당할 텐데……. 뾰족한 수가 없을까?'

아들은 고민 끝에 아버지를 땅속에 숨기기로 했다. 밤이 되자 아들은 자기 집 마당에다 사람이 들어가 생활할 수 있을 정도로 넓고 깊은 구덩이를 팠고, 땅속으로 들어가는 입구는 최대한 작게 만들어 짚이나 도구 등을 쌓아 위장해놓았다. 노인은 그 안에 들어가 하루 종일 꼼짝도 하지 않았다. 먹고 입을 것은 아들이 몰래 넣어주었다. 그런 다음 온 마을에 자신이 아버지를 죽여 내다버렸다고 소문을 냈다. 시간이 지나자 노인이 살아 있다고 믿는 사람은 아무도 없게 되었다.

그러던 어느 날, 이웃나라 왕이 몽고의 왕에게 두 가지 선물을 보내왔다는 소문이 나돌았다. 선물 가운데 하나는 사람의 형상을 보기만 하면 자꾸 몸뚱이가 커지는 나귀 같은 동물이었고, 또 하나는, 어느 쪽이 위고 어느 쪽이 밑동인지 전혀 알 수 없는 커다란 통나무라는 것이었다. 이웃나라 왕은 몽고의 왕이 얼마나 지혜로운지를 시험하기 위해 그것들을 보냈으며 선물로 준 두 가지가 무엇인지를 알아내어 한 달 안으로 전해달라고 했다.

하지만 왕은 그 문제를 풀지 못해 전전긍긍하였다.

"도대체 나귀처럼 생긴 동물의 정체가 무엇이란 말인가? 그리고 위아래가 똑같이 생긴 통나무를 가져와서 어느 쪽이 위고 어느 쪽이 아래인지 맞추라고 하니 이를 어쩌면 좋단 말인가?"

왕은 신하들을 모아놓고 물어보았으나 아무도 대답하는 사람이 없었다. 왕은 할 수 없이 온 나라에 방을 붙였다.

누구든지 이 두 문제를 맞히는 자는 공주와 결혼시키는 것은 물론 높은 벼슬을 내릴 것이다.

그러자 이 행운을 잡으려는 사람들이 구름처럼 몰려들었다. 하지만 정답을 맞히는 사람은 아무도 없었다.

효성이 지극한 아들도 답이 무엇인지 골똘히 생각해보았지만 도무지 알수가 없었다. 하루는 자신의 아버지에게 세간의 소식을 전하면서 그 이야기를 들려주었는데, 의외로 아버지의 입에서 명쾌한 대답이 나왔다.

"나무의 밑동과 위쪽을 알아보고 싶을 때는 그 나무를 냇물에 띄워보면되지 않겠느냐? 어떤 나무든 일단 물에 뜨면 밑동이 앞쪽으로 향하고, 위쪽이 뒤가 되어 흘러가는 법이니 말이다. 그리고 나귀처럼 생긴 동물은 아마악마의 영혼을 뒤집어쓴 쥐일 게다. 그러니 만약 네가 문제를 풀기 위해 궁전으로 들어갈 생각이라면, 몸집이 큰 고양이 하나를 구해 숨겨 가지고 들어가거라. 그런 다음 그 동물 옆으로 가까이 가서 고양이 머리를 보여주도록해라. 만일 그것이 악마 쥐라면 고양이를 보는 순간 몸이 오그라들고 말 테니 그때를 놓치지 말고 고양이를 풀어놓으면 모든 일이 잘 마무리될 게다."

이튿날, 아들은 아버지의 말씀대로 큰 고양이 한 마리를 구해 그것을 옷속에 감춘 뒤 궁전으로 들어갔다.

우선 몸뚱이가 커지는 동물이 무엇인지를 맞춰보라는 왕의 명령에 아들은 나귀처럼 생긴 동물에게 가까이 다가가 고양이의 머리를 살짝 내밀어보였다. 그랬더니 정말 그놈의 몸이 점차 오그라들더니 마침내는 자그마한 쥐가 되어버리는 게 아닌가. 그 흉물스런 동물의 정체는 악마의 영혼을 뒤집어쓴 쥐였던 것이다. 아들은 때를 놓치지 않고 재빨리 고양이를 풀어놓았다. 그러자 악마 쥐는 꼼짝 못하고 바로 고양이에게 잡아먹히고 말았다.

왕이 나머지 문제도 풀어볼 것을 명하자 아들은 그 문제를 풀기 위해서는 냇가로 가야 한다며 왕의 일행과 함께 궁전을 나섰다.

아들은 냇가 상류로 올라가 나무를 물에 띄웠다. 나무는 물 위에서 한 번

빙그르르 돌더니 밑으로 천천히 흘러내려갔다. 앞쪽과 뒤쪽을 바꾸어 한 번 더 시험해보았더니 여전히 아까와 같이 방향을 틀어 흘러내렸다. 아들은 확신을 갖고 왕에게 아뢰었다.

"지금 흘러내려가는 나무의 앞쪽이 바로 밑동입니다."

왕은 아들의 지혜에 찬사를 아끼지 않았다.

"오호, 이 어려운 문제를 풀다니, 정말 대단하구나."

왕은 한껏 고무되었다. 때를 놓치지 않고 아들은 왕에게 머리를 조아리며 말했다.

"사실 이 문제는 제가 푼 것이 아닙니다."

"자네가 아니라면 누가 이 문제를 풀었단 말인가?"

"연로하신 제 아버님이 푸신 것입니다."

"오, 그래. 아버님의 연세가 어떻게 되시는가?"

"올해로 육십 세를 넘기셨습니다."

"뭣이? 그렇다면 자네는 국법을 어긴 게 아닌가?"

왕의 얼굴빛이 금세 바뀌었다.

"황공하옵니다만, 아무리 엄한 국법이라 해도 저는 차마 아버님을 살해할 수가 없었습니다. 그래서 저희 집 마당에 몰래 굴을 파고 그곳에 아버님을 숨겨드렸습니다."

아들은 아버지에 대한 일을 사실대로 고해도 크나큰 불상사가 일어나지 않으리라는 예감이 들었다.

"흠……."

왕은 고민스런 표정을 지었다. 아들이 왕의 그러한 심중을 읽고 재빨리 말을 이었다.

"이번에 이웃나라 임금이 폐하의 지혜를 시험하려고 알 수 없는 동물과 통나무를 보내왔다는 말씀을 드리자, 아버님은 바로 문제를 풀어내셨습니다. 저는 그저 지혜로운 아버님이 가르쳐주신 대로 했을 뿐입니다."

왕은 오랫동안 생각에 잠겼다가 이윽고 입을 열었다.

"생각해보니 예순이 넘은 노인들을 살해하는 관행은 좋지가 않구나. 오늘도 그 노인 덕분에 내 위신이 선 것이 아닌가? 확실히 삶의 경험이 많은 노인들은 살면서 도움이 될 때가 많다. 그러니 앞으로 노인들을 살해하는 제도는 없애도록 하라."

왕은 비로소 노인들을 죽이는 풍습을 폐지하도록 명령했다. 또한 문제를 푼 아들에게는 약속대로 공주와 혼인시킨 뒤 높은 벼슬을 내렸다.

벼는 익을수록 고개를 숙이고, 늙은 말일수록 지혜롭다는 말이 있다. 인생의 쓰고 단 온갖 경험을 한 노인들은 지혜롭지만 함부로 나서지 않고 매사 겸손하다. 그런데 그런 지혜로움을 간과하는 사람들이 의외로 많다. 사회가 세분화되고 과학 문명이 고도화될수록 그런 경향이 더 심한데, 이는 반성해야 할 일이다.

늙은 말의 지혜가 여러 사람의 목숨을 살린 이야기 한 토막.

제나라 환공이 고죽국이라는 작은 나라를 정벌하고 귀국길에 올랐다가 산중에서 길을 잃은 적이 있다. 모두가 진퇴양난에 빠져 추위에 떨고 있을 때 관중이 나서서 말하기를 "늙은 말은 거의 본능적으로 길을 찾기 때문에 이런 때는 늙은 말의 지혜가 필요합니다"라고 했다. 그러자 여러 신하들이 이 추위에 늙은 말이 어떻게 험한 산중에서 길을 찾겠느냐며 반대했지만 환공은 관중의 말을 받아들여 늙은 말 한 마리를 풀어놓았다. 결국 늙은 말은 온통 하얀 눈으로 뒤덮인 산중에서 자신의 코를 스쳐갔던 모든 후각과 지금까지 경험한 만 가지의 기억을 되짚어가며 마침내 옳은 길 하나를 찾아냈다. 그리고 전군이 늙은 말의 뒤를 따라 행군한 끝에 무사히 귀환할 수 있었다.

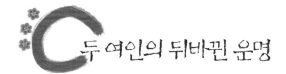
두 여인의 뒤바뀐 운명

❀ 어느 시골 마을에 나이가 찬 처녀가 일가붙이 하나 없이 혼자 살고 있었다. 처녀가 살고 있는 동네는, 예전에는 큰 집들이 많이 있었으나 갑자기 흉한 돌림병이 나돌아 마을 사람들 모두가 죽어버렸고, 이 처녀만 혼자 기적같이 살아남았던 것이다. 처녀는 혼자 살면서 나무 열매나 풀뿌리를 캐먹으며 그날그날 연명해갔다.

그러던 어느 날, 냇가로 물을 길으러 간 처녀는 상류 쪽에서 떠내려오는 냄비 하나를 발견했는데, 뜻밖에도 그 안에는 갓난아이가 들어 있었다.

처녀는 냄비 안에서 아이를 꺼내 안았다. 그러자 아이는 처녀에게 생글생글 웃어보였다. 혼자서 쓸쓸하게 지내던 참에 아이를 얻게 된 처녀는 매우 기뻤다. 아이를 안고 집으로 돌아오면서도 시종 콧노래를 불렀다.

처녀는 아이를 키우며 모든 정성을 쏟았다. 아이도 처녀의 정성을 아는지 튼튼하게 자랐고, 이제 걸어다니며 혼자 놀 수 있을 정도가 되었다. 그 무렵 처녀는 이런 생각을 하였다.

'냄비가 물살에 뒤집어지지도 않고 여기까지 흘러내려온 걸 보면 분명히 그다지 멀지 않은 상류 쪽에는 사람이 살고 있을 거야. 이제 아이도 많이 자랐으니 제 부모를 찾아주는 게 사람의 도리겠지?'

처녀는 아이를 냄비 속에 넣고 등에 짊어진 채 길을 떠났다. 냇물을 따라 한나절을 거슬러올라가니 드디어 큰 마을이 보였다. 여러 채의 가옥이 어깨를 나란히 하고 있었는데, 마을 한가운데에는 마을에서 제일 큰 집 한 채가 우뚝 서 있었다. 서둘러 마을로 간 처녀는 냄비에서 아이를 꺼내 안은 다음, 큰 집 앞에 멈춰 대문을 두드렸다. 그러자 집 안에서 빼어난 미모의 여자가 나와 문을 열어주었다.

"당신은 누구지?"

미모의 여인은 귀고리와 목걸이 등 온갖 장신구를 몸에 치렁치렁 달고 있었다.

"그 아이는 뭐야? 밥을 얻어먹을 생각이라면 다른 집에 가서 알아보게."

여인이 쌀쌀맞게 한마디 던지고는 대문을 닫으려 하자 처녀가 재빨리 나서며 말했다.

"당신은 참 인정도 없군요. 어린아이의 얼굴을 봐서라도 먹을 것을 좀 나눠주면 안 되나요? 아이를 보고도 가엾다는 생각이 들지 않느냔 말이에요?"

그러자 여인은 처녀에게 안으로 들어오라고 했다. 집 안으로 들어가자마자 처녀는 집주인에게 먼저 인사를 했다. 주인 남자는 한눈에 보아도 보통 사람과는 다른 비범한 기운을 풍겼다. 하지만 무슨 고민거리가 있는지 머리카락과 수염을 깎지 않아 덥수룩했고, 안색도 몹시 초췌해보였다.

"잠시 머물다 가도록 허락해주셔서 감사합니다."

"아무쪼록 편히 쉬다 가십시오."

주인 남자는 겸손하게 말하면서, 대문을 열어준 여인에게 따뜻한 식사를 대접하라고 일렀다. 문을 열어준 여인은 이 집의 안주인이었던 것이다.

"하하, 녀석 참 예쁘게 생겼구나. 제가 한번 안아봐도 되겠습니까?"

"그러시지요."

처녀가 데리고 온 아이를 받아 안자 주인 남자의 얼굴이 금세 환해졌다. 주인 남자가 아이를 데리고 노는 동안 처녀는 맛있게 식사를 했다. 아이는 곧 주인 남자와 어울려 함께 장난을 쳤는데, 아이가 다소 짓궂게 굴어도 그는 그저 싱글벙글 웃으면서 아이를 안아 무릎에 앉히기도 하고 번쩍 추켜올리기도 했다.

그러다 갑자기 주인 남자는 슬픈 표정을 지으며 눈물을 뚝뚝 떨어뜨렸다. 처녀가 안주인에게 물었다.

"왜 그러시죠? 무슨 안 좋은 일이라도 있나요?"

"이게 다 당신 때문이야!"

안주인은 갑자기 버럭 소리를 질렀다.

"예?"

"우리 집 양반은 얼마 전 자식을 잃고 저렇게 슬픔에 잠겨 있단 말이야. 그런데 난데없이 당신이 아이를 안고 나타나는 바람에 애 생각이 나서 저렇게 눈물을 흘리는 거라구!"

안주인은 쌀쌀맞게 쏘아붙이면서 처녀를 흘겨보았다. 막상 그런 사연을 알고 나니 처녀는 몸 둘 바를 몰랐다. 난처한 입장이었으나, 그렇다고 그 집을 그냥 나올 수도 없는 일이었다. 이미 날이 저물어 집으로 돌아가기에는 늦은 시간이었다.

염치 불구하고 그 집에서 하룻밤을 묵은 처녀는 이튿날 아침이 되어 떠날 채비를 갖추고 마당으로 나왔다. 처음에 왔던 행색대로 처녀는 냄비를 짊어진 채 주인 남자에게 작별 인사를 고했다. 주인 남자는 안방 문을 열고 밖으로 나와 처녀의 인사를 받았다. 그런데 갑자기 주인 남자가 처녀가 짊어진 냄비를 보고는 마당으로 뛰어내려오는 게 아닌가.

"어디서 많이 본 듯한 냄비인데, 이 냄비가 원래 아가씨 것이오?"

"아뇨. 제 냄비는 아닙니다만, 왜 그러시는지요?"

"이 냄비를 어디서 구했소?"

그때 어디선가 후닥닥 뛰어나온 안주인이 남편의 말을 가로막고 나섰다.

"길 떠나는 사람을 붙잡고 그런 건 왜 물어보세요? 그까짓 냄비가 어디서 났건 당신이 무슨 상관이라구. 이 여자는 제가 돌려보낼 테니 당신은 어서 안으로 들어가세요."

그러나 주인 남자는 부인의 만류를 뿌리치며 처녀에게 한 걸음 더 다가섰다.

"아니오. 잠깐 기다리시오. 아무래도 이 냄비를 내 어디서 본 듯하니, 내 기억이 되살아날 때까지 잠시만 기다려주시오. 그리고 어서 대답해주시오. 이 냄비가 어디서 났는지."

처녀는 주인의 물음에 사실대로 대답했다.

"사실 이 냄비는 몇 년 전 이 아이를 싣고 냇물에 떠내려왔던 것입니다."

"뭣이? 그게 정확히 몇 년 전이오?"

"한 삼 년 되었습니다."

"오, 이럴 수가……."

주인 남자는 뭔가 짚이는 것이 있는지 갑자기 눈이 빛나면서 얼굴에 긴장감이 흐르기 시작했다. 처녀가 말을 이었다.

"저는 냄비를 타고 냇물을 따라 내려온 이 아이를 지금까지 성심껏 길러왔습니다. 그러나, 이젠 이 아이도 많이 자랐기 때문에 한 번만이라도 친부모에게 보여주어야겠다는 생각에 이렇게 아이의 친부모를 찾아나선 것입니다."

처녀가 말을 마치자 주인 남자가 큰소리로 말했다.

"맞았어! 저건 우리 냄비야. 삼 년 전 내 생일에 저 큰 냄비에다 고기를 삶았었지. 여보, 안 그렇소?"

주인 남자가 자기 부인에게 얼굴을 돌려 묻자, 그녀의 얼굴이 이내 벌겋게 달아올랐다.

"그, 글쎄요……, 기억이 잘 안 나는데……."

부인은 얼버무리며 남편의 시선을 피했다. 그것을 보자 주인 남자는 무언가 확신이 선다는 듯 단호하게 말했다.

"이보시오, 부인! 내 눈으로 봐도 저 냄비가 우리 것인 줄 알아보겠는데, 부엌살림을 하는 당신이 모른다는 게 말이 되오?"

주인 남자는 화를 내며 부인을 꾸짖었다.

"좋소. 저 아가씨의 말이 거짓인지, 당신의 말이 거짓인지 내가 꼭 밝혀내겠소."

주인 남자는 하인들에게 화롯불을 가져오라 일렀다. 잠시 후 화롯불이 당도하자 주인 남자는 냄비에 펄펄 끓는 물을 담아 화로 위에 올려놓은 뒤 부인에게 말했다.

"자, 이 냄비 속에 손을 넣어보시오. 만약 당신이 거짓말을 안 했다면 아무 문제가 없을 것이나, 거짓이라면 저 뜨거운 물에 손을 데고 말 것이오."

부인은 펄펄 끓는 물을 보자 덜컥 가슴이 내려앉았다.

"여보, 우리 아이는 정말 삼 년 전에 냇물에 빠져 죽었다니까요! 왜 제 말을 믿지 못하죠?"

"당신 말을 증명하기 위해 이 끓는 물에 손을 집어넣어보란 말이 아니오?"

그러자 부인은 무너지듯 주저앉아 남편에게 용서를 빌었다.

"용서해주세요. 저 냄비는 우리 것이 맞아요."

"역시 내 짐작대로군. 도대체 왜 우리 아이를 버렸단 말이오?"

남편의 물음에 부인은 넋두리를 늘어놓기 시작했다.

"아이가 태어나지 않았을 때, 당신은 누구보다도 저를 사랑해주었어요. 그런데 아이가 생기고 나서부터는 아이만 사랑하고 저에게는 조금도 관심을 주지 않았잖아요. 그래서 이럴 바에야 아이 따위는 없는 편이 낫다고 생각하고 아이를 냄비에 넣어 냇물에 띄워보냈던 거예요."

아내의 넋두리에 남편은 너무도 기가 막혀 부들부들 몸을 떨었다. 남편은 끓어오르는 분을 삭이지 못하고 비정한 아내이자 어머니인 안주인을 집 밖으로 내쫓아버렸다. 그리고는 아이를 껴안으며 처녀에게 말했다.

"정말 고맙소. 내가 그동안 너무 무심했던 것 같군요. 아이가 그저 물에 빠져 죽었다는 저 사람의 말만 믿고 그렇게 생각을 굳힌 것이 잘못이었소."

주인 남자는 다시 한 번 아이를 포근히 감싸안았다.

처녀는 주인 남자의 권유로 며칠을 더 그 집에서 묵었다.

그 후 주인 남자는 길일을 택해 처녀의 마을로 가서 돌림병으로 죽은 사람들의 장례를 치러주었다. 이에 감탄한 처녀는 주인 남자의 청혼을 받아들여 그 아이의 어머니가 되기로 결심했다. 그동안 길러준 아이가 "어머니, 어머니" 하며 자신을 따르는 것도 차마 떨쳐버릴 수 없었기 때문이었다.

이제 처녀는 마을 사람들이 우러러보는 부잣집 마나님이 되었고, 자신의 아이를 버린 몰인정한 여인은 마을 사람들의 멸시를 견디다못해 마을에서 멀리 떨어진 곳에 움막을 짓고 홀로 사는 신세가 되었다. 결국 외롭게 혼자 살던 처녀와 부잣집 마나님의 처지가 바뀌어버린 셈이다.

삼강오륜 중에 부위자강(父爲子綱)과 부자유친(父子有親)이란 말이 있다. 부위자강은 부모는 자식의 본보기가 되어야 한다는 뜻이고, 부자유친은 부모와 자식 간에는 사랑이 있어야 한다는 뜻이다. 모두 부모와 자식은 천륜으로 맺어진 관계이므로 세상살이의 근간을 이루어야 한다는 가르침을 담고 있다. 그런데 요즘 세상은 부모 자식 간의 관계가 예전만큼 원만하지 못한 듯하다. 물론 극단적인 사례이고 일부에 국한된 현상이겠지만, 몇 년 전에는 돈 많은 아버지를 아들이 칼로 찔러 죽이는 사건까지 일어났다. 더욱 비극적인 것은 그 아들이 아버지를 죽이고도 죄책감을 느끼지 않았다는 점이다. 일부 몰지각한 사람들이 빚어낸 어이없는 사건이었지만, 아직도 부모 자식 간의 정이 무엇인지 모르는 이들이 있는 것만은 확실한 것 같아 씁쓸하기 짝이 없다.

도공 노인의 비법

✿ 성격이 급하고 때로는 난폭하기까지 한 왕이 있었다. 왕은 보석을 무척 좋아하여 궁전 안 창고에는 항상 갖가지 보물들이 가득했다. 수많은 보물들 중에서도 왕이 가장 아끼는 것은 아름다운 무늬가 빼곡히 새겨져 있는 눈부신 찻잔이었다.

이 찻잔은 무려 천 년 전에 만들어진 것으로, 나라 안 가장 솜씨 좋은 도공이 1년여에 걸쳐 만든 작품이었다. 그 솜씨 좋은 도공은 자신의 비법을 아무에게도 전수하지 않고 죽었기 때문에 지금까지 그것과 비슷한 찻잔은 단 한 개도 만들어지지 않았다. 그래서 왕은 이 찻잔을 더욱 소중하게 간직하고 있었다.

바람이 몹시 불던 어느 날, 찻잔을 꺼내 감상하던 왕은 그만 실수로 찻잔을 땅에 떨어뜨리고 말았다. 갑자기 심한 바람이 불어와 미처 잡을 틈도 없이 손에서 휩쓸려나간 것이다.

"이런! 이토록 소중한 찻잔을 깨뜨리다니……."

왕은 모든 신하들을 불러들였다.

"수단과 방법을 가리지 말고 이 찻잔을 원래 모양대로 붙여놓아야 한다. 만약 원래 모양대로 되돌려놓지 못하면 한 사람도 살아남지 못할 것이야."

왕의 포악한 성격이 드디어 발동된 것이다. 신하들은 발만 동동 굴렀다. 산산조각 난 찻잔을 원래 모양대로 복원한다는 것은 불가능한 일이었다. 더구나 나라 안에는 그 찻잔을 만든 도공에 버금가는 실력자가 한 사람도 없었다. 그렇다고 가만히 있을 수도 없는 노릇이어서 신하들은 필사적으로 머리를 맞댔다. 그러던 중 한 신하가 말했다.

"내가 남쪽지방에 사는 한 도공을 알고 있는데……."

"그렇소? 그게 누구요?"

"노인인데, 솜씨가 좋다는 말을 오래 전부터 여러 번 전해들었소."

"그럼 뭘 망설이는 거요? 어서 그 노인을 찾아가봅시다."

"그런데 지금 그 노인은 물 항아리만 만들고 있다더군요."

"그게 무슨 상관이오. 솜씨만 있으면 그만이지."

신하들은 한달음에 노인의 집으로 찾아갔다. 신하들은 노인에게 사정 이야기를 하면서 간곡하게 부탁했다.

"우리의 목숨이 달려 있는 문제이니 제발 거절하지 마시고 이 조각들을 붙여주시오."

노인은 부서진 찻잔 조각을 이리저리 붙여보았다. 그러나 어느 부분은 깨알만큼 잘게 부서져 있어서 원래대로 복원하는 것은 매우 힘들어보였다.

"안 되겠소. 이 조각들로 원래 모양을 만드는 일은 불가능하오."

그러자 신하들은 거의 울부짖으며 노인에게 매달렸다.

“제발, 우리 좀 살려주시오. 제발!”

노인은 눈을 감은 채 한참 동안 생각하다가 입을 열었다.

“아무튼 찻잔 조각들은 여기 놓아두고 가시오. 그리고 일 년 뒤에 다시 오시오.”

그 뒤 노인은 1년 동안 작업장에 틀어박혀 작업에만 몰두했다.

드디어 1년이 지났다. 신하들은 노인과 약속한 날을 손꼽아 기다렸다가 새벽부터 노인의 집으로 달려왔다.

“어떻게 됐습니까? 오늘이 꼭 일 년째 되는 날인데, 찻잔은 복구했나요?”

신하들은 그동안 작업을 하느라 초췌해진 노인에게 안부 따위는 묻지도 않고 오로지 찻잔이 어떻게 되었는지 궁금해할 뿐이었다. 그때 노인의 손자가 나서며 신하들에게 말했다.

“정말 너무들 하시는군요. 제 할아버지께서는 일 년 동안을 꼬박 작업에 열중하시느라 몸이 이토록 야위셨는데, 이 모습을 보고도 어쩜 안부 한 마디 여쭙지 않고 찻잔의 상태만 묻는 거죠?”

그제야 신하들은 잘못을 깨닫고 노인의 안부를 물었다. 그러나 노인은 그런 것에는 아랑곳하지 않고 신하들을 작업실로 데리고 들어가 새로 만든 찻잔을 보여주었다.

“아니, 이렇게 완벽할 수가!”

“오, 정말이지 신의 손이 아니면 이렇게 완벽하게 복구할 수는 없을 거야. 조각을 맞춘 흔적이 하나도 없어. 이건 기적이야!”

신하들은 너무 기뻐서 눈물을 흘릴 정도였다. 그 중 한 신하가 말했다.

“영감님, 정말 고맙습니다. 우리가 보답으로 돈과 선물을 가지고 왔으니 받아주시오.”

신하들은 말에 싣고 온 돈과 갖가지 금은보화며 먹고 입을 것들을 마당에 내려놓았지만 노인은 한사코 사양했다.

"나는 이런 대가를 바라고 일을 한 게 아니니 도로 가져가시오."

"그래도 영감님은 우리 생명의 은인이시니 받아주시오."

"여러분의 생명을 구했다니 나는 그것만으로 만족합니다."

노인은 결국 신하들이 가지고 온 돈과 선물을 받지 않았다.

이 소문은 금세 나라 안에 퍼졌다. 그러자 여기저기서 노인에게 비법을 배우려는 도공들이 밀려들었다. 하지만 노인은 그들을 모두 돌려보냈다.

"나는 비법을 가지고 있는 게 아니오. 그저 여러분들이 작업하는 것과 마찬가지로 재료를 섞어 형태를 만들고 불에 넣어 굽는 것이 전부요. 어려서부터 이 일을 천직으로 알고 해왔고, 아무리 하찮은 그릇이라도 최선을 다해 만들었을 뿐이오. 백성들이 쓰는 질그릇이나 임금님이 쓰는 보석 찻잔에 구분을 두지 않고 한결같은 마음으로 작업을 했던 것이고. 예나 지금이나 최선을 다할 뿐 내가 당신들에게 전수할 비법 같은 것은 없으니 돌아가시오."

노인의 뜻이 대나무처럼 강직했기에 도공들은 그대로 발길을 돌릴 수밖에 없었다.

그로부터 몇 달이 지나, 이제 사람들의 뇌리에서 노인에 대한 기억이 희미해져갈 즈음, 노인의 손자가 물었다.

"저는 지금까지 줄곧 할아버지가 하시는 일을 도왔습니다. 그러니 저에게만큼은 비법을 전수해주시겠죠?"

손자는 어려서부터 줄곧 노인 곁에서 도예 수업을 받아왔었다.

"가르쳐만 주신다면 저도 이 직업을 천직으로 알고 열심히 하겠어요. 그러니 제발 가르쳐주세요."

하지만 노인은 아무 말 없이 눈만 지그시 감고 있었다.

그 후 노인은 또 작업실에 들어가 하루 종일 나오지 않는 날이 늘어갔다. 손자는 할아버지의 심기를 불편하게 해드린 것 같아 내심 후회막급이었다. 그러던 어느 날, 마침 노인이 장에 간 사이 손자는 별 생각 없이 할아버지의 작업실 문을 열어보았다. 할아버지가 도대체 무슨 작업을 그렇게 열심히 하시는지 알고 싶은 마음에서였다. 작업실 안에는 평상시 할아버지가 빚었던 질그릇과 항아리만 쌓여 있을 뿐 특별한 것은 눈에 띄지 않았다. 그런데 작업실 한쪽 구석에 낯선 보자기에 싸인 물건이 보였다.

'저건 뭘까?'

손자는 단지 호기심에 그 이상한 보자기를 펼쳐보았다.

"아니, 이건!"

손자는 깜짝 놀랐다. 보자기 안에는 예전에 신하들이 가지고 왔던 부서진 찻잔 조각들이 들어 있었기 때문이었다.

결국 노인은 지난 1년 동안 부서진 찻잔을 붙이는 작업을 했던 것이 아니라, 그것과 똑같은 새 찻잔을 만드는 일에 열중했던 것이었다. 노인이 새로운 찻잔을 만들었다는 사실이 알려지면, 왕이 부서진 찻잔에 대한 아쉬움을 버리지 못하고 신하들에게 난폭하게 굴까봐 아예 자신의 솜씨를 숨긴 것이었다. 손자는 비로소 할아버지의 뜻을 깨달았다.

저녁 무렵, 시장에서 돌아오는 할아버지의 모습이 보이자 소년은 한달음에 달려가 할아버지를 와락 껴안았다.

"왜 이러니? 무슨 일이 있었느냐?"

노인은 자못 놀란 표정으로 물었다.

"아녜요, 할아버지. 하지만 저한테까지 그 일을 속이실 필요가 있었나요?"

노인은 그제야 손자가 무슨 말을 하는지를 짐작할 수 있었다.

"작업장에 숨겨둔 보자기를 풀어본 모양이구나. 그래, 앞으로 너도 더욱 열심히 기술을 익히거라. 전에도 말했듯이 이 할아버지가 네게 물려줄 수 있는 기술은 열심히 하라는 말밖에는 없단다. 잔기술 같은 건 열심히 매진하는 것에 비한다면 아무것도 아니거든. 이제 이 할아버지의 비법이 무엇인지 알겠지?"

손자는 눈물을 흘리며 대답했다.

"예, 잘 알겠어요."

"그리고 작업장에 있는 보자기는 끝까지 못 본 것으로 하거라."

손자는 무언가 결의를 다진 듯 두 눈을 반짝이며 고개를 끄덕였다.

진정한 장인은 말을 하지 않는다. 몸으로 보여주고, 행동으로 보여주며, 작품으로 보여준다. 말로써 가르치는 것보다 백배 천배는 더 확실하고 더 많은 교훈을 주기 때문이다. 세상을 말로만 살고 있는 사람들은 여기 도공 노인이 던져주는 메시지를 한번 음미해보았으면 한다.

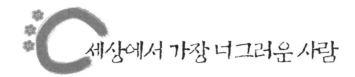

세상에서 가장 너그러운 사람

🌸 **마음이 한없이 너그러운 사내가** 있었다.
그는 자신의 집에 손님이 찾아오면 누구라도 반갑게 맞이하여 푸짐하게 대
접하곤 했다. 또한 달라는 물건이 있으면 아무 망설임 없이 내어주곤 했다.

이 마음씨 좋은 사내의 소문은 온 나라 안에 퍼졌고, 급기야 왕에게도 알
려졌다. 원래 샘이 많은 왕은 이 사내의 소문에 몹시 언짢았다.

'나는 그 사내보다 더 많은 물건을 백성들에게 나누어주었는데도 그 사실
이 알려지지 않았으니, 도대체 무슨 조화인지 모르겠군.'

왕은 샘이 나서 견딜 수가 없어 신하를 불러 말했다.

"그 마음씨 좋은 사내에게 훌륭한 말이 있다고 들었는데, 사실인가?"

"예, 사실입니다."

"그렇다면 사내의 집으로 가서 그 말을 얻어오도록 하라."

사신 일행은 곧장 사내의 집으로 찾아갔다. 사내는 사신들을 접대하기 위

해 음식을 준비했다. 하지만 남아 있는 고기가 없어 궁리 끝에 마구간으로 가 마지막 남은 말을 잡아 사신들을 대접했다. 사신들은 사내의 대접에 고맙다는 인사를 하고는 사내에게 물었다.

"무슨 고기인지 아주 맛이 좋군요?"

"맛있게 드시는 걸 보니 제 마음도 흐뭇합니다. 마침 고기가 떨어져서 마구간에 하나 남아 있던 말을 잡았습니다."

"뭐라고요? 그럼 이게 말고기란 말이오?"

"예, 그렇습니다."

"이거 큰일 났군."

"아니, 왜요?"

사신들은 사내에게 자신들이 찾아온 이유를 소상히 전해주었다. 그러자 사내는 고개 숙여 울기 시작했다.

"왜 우는 거요?"

사내는 몹시 슬픈 표정을 지으며 대답했다.

"임금님께서 원하시는 것을 해드리지 못해 너무 슬플 따름입니다."

사신들은 사내의 너그러움에 감탄하며 궁궐로 돌아갔다. 그리고 그날 있었던 일을 그대로 왕에게 보고했다.

"정말, 그자가 내 부탁을 들어주지 못해 울더란 말이냐?"

"예, 그렇습니다. 정말이지 소문대로 마음이 한없이 넓은 자입니다."

왕은 더욱 화가 치밀었다. 한없이 치솟는 시샘을 억제할 수가 없어 화병이 날 지경이었다. 왕은 근엄하게 말했다.

"감히 내 부탁을 어겼으니 그자를 살려둘 수가 없다. 당장 자객을 시켜 그자의 목을 베어오도록 하라."

왕의 명령을 받은 자객이 길을 떠났다. 하지만 자객이 도착했을 때, 사내는 집에 먹을 것이 떨어져 돈을 벌기 위해 지방으로 떠나고 없었다. 그래서 자객도 이 지방 저 지방으로 옮겨다니면서 사내의 자취를 더듬어 따라갔다.

그러던 어느 날, 날이 저물어 하루 묵어갈 생각으로 자객은 어느 허름한 집의 문을 두드렸다. 집주인은 자객을 맞아들여 따뜻한 저녁을 대접하고, 깨끗한 이부자리를 주어 편하게 잘 수 있도록 도와주었다.

이튿날, 자객이 주인에게 말했다.

"너무 후한 대접을 받고 돌아갑니다. 정말 감사했습니다."

"별말씀을요. 간밤에 불편한 데는 없으셨습니까?"

"아닙니다. 너무 잘 쉬었다 갑니다. 그런데 한 가지만 여쭙겠습니다."

자객은 집주인에게 왕의 명령을 받고 이러저러한 사내를 찾아다니는 길이라는 사실을 말해주었다.

"그래서 말인데, 그자를 어디에 가면 잡을 수 있겠습니까?"

그러자 집주인은 깜짝 놀라며 옆방으로 뛰어갔다. 그리고 잠시 후, 아주 예리한 칼을 들고 오더니 자객에게 건네며 말했다.

"제가 바로 말씀하신 그자입니다. 어서 이 칼로 제 목을 쳐서 임금님께 바치십시오."

자객은 몹시 당황했다. 세상에 아무리 마음이 넓다해도 자기 목을 베어가라며 칼을 내미는 사람이 또 있을까.

'아, 이 사람은 정말 소문대로 마음이 한없이 너그러운 자로구나.'

아무리 왕의 명령이라고는 하지만 자객은 이 비단결 같은 마음씨의 사내를 도저히 죽일 수가 없었다.

자객은 왕에게 돌아가 지금까지 있었던 일들을 낱낱이 고했다.

"진정, 그 말이 사실이더냐?"

"하나도 보태거나 뺀 것 없이 그대로 아뢰었나이다."

왕은 그제야 자신의 어리석음을 깨달았다.

"아무리 마음이 넓기로서니 자기 목숨까지 내놓다니…… . 그자에 비하면 나는 아직도 멀었구나, 멀었어!"

왕은 결국 그 사내를 세상에서 가장 마음이 너그러운 사람으로 인정했다.

자신을 버리는 일은 쉽지 않다. 물론 이 이야기는 다소 과장되어 있다. 아무리 마음이 너그럽고, 남을 위해 자신의 것을 다 베풀어준다해도 자기 목숨까지 내준다는 것은 거의 성인의 경지에 이르지 않고서는 불가능한 일이다. 목숨을 바친다는 것은 어떤 명분이 그 만한 가치를 지니고 있을 때 가능한 일이다. 따라서 이 이야기가 자칫 목숨을 무모하게 생각한다는 뜻으로 해석될 소지도 없지 않다. 하지만 이 이야기의 메시지는 그만큼 남을 위해, 혹은 자신을 위해 욕심을 버릴 필요도 있다는 것이다. 세상을 살아가면서 한발 양보하는 처세술은 늘 높게 평가받는다. 물러서는 것 또한 스스로 전진하는 토대가 된다. 사람을 너그럽게 대하는 것은 결국 복이 되고, 남을 이롭게 하는 것은 자신을 이롭게 하는 바탕이 되는 것이다.

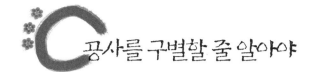
공사를 구별할 줄 알아야

🌸 『손자병법』을 지은 손자는 제나라 사람이었
으며, 원래 이름은 손무이다. 한번은 손자가 오나라 왕 합려를 만난 적이 있
었다. 당시 손자는 천하의 전략가였으며, 합려도 당대의 영웅이었다. 나중에
합려는 손자에게 군대를 조직하게 하여 초나라를 공략하였고, 오나라의 세
력을 중원으로까지 넓혔다.

합려는 손자를 처음 만난 자리에서 그의 지략이 어느 정도인지를 알아보
기 위해 물었다.

"그대의 병법 십삼 편은 내가 다 읽었소만, 실제로 군대를 어떻게 지휘하
는지가 궁금하구려. 이 자리에서 나한테 보여줄 수 있겠소?"

"물론입니다."

"음, 그렇다면 여자들도 시험해볼 수 있겠소?"

"그러지요. 여자라도 상관없습니다."

합려는 궁중에 있는 미녀들 중 2백여 명을 불러모았다.

손자는 그 미녀들을 두 개 편대로 나누었고, 합려가 총애하는 궁녀 두 명을 각각 편대의 대장으로 임명하여 창을 들게 했다.

손자는 곧바로 두 명의 여대장에게 명령했다.

"너희들은 가슴과 좌우측 두 손과 등이 무엇인지 알고 있겠지?"

두 여자가 대답했다.

"그것쯤은 익히 알고 있습니다."

손자가 다시 말했다.

"지금부터 내가 하는 말을 잘 들어라. 내가 '앞으로!' 하면 가슴을 보고, '오른쪽으로!' 하면 오른손을 보며, '왼쪽으로!' 하면 왼손을 보고, '뒤로!' 하면 뒤를 보아라."

"예, 알겠습니다."

이렇게 약속을 미리 정해놓고 부월(斧鉞 : 출정하는 대장에게 통솔권의 상징으로 임금이 손수 주던 작은 도끼와 큰 도끼. 정벌, 군기, 형륙을 뜻한다)을 준비한 뒤, 두 여대장에게 다섯 번을 거듭 설명해주었다.

그런 후 손자가 명령을 내렸다.

"오른쪽으로!"

그러나 여자들은 명령에 따르기는커녕 큰 소리로 웃기만 했다. 하지만 손자는 웃고 있는 여대장들을 나무라지 않고 진지한 표정으로 말했다.

"뭔가 명령이 제대로 전달되지 않은 모양이구나. 약속이 분명하지 않고 명령이 철저하지 않다면 이는 지휘자의 죄다. 다시 한 번 명령하겠다."

그러면서 방금 전에 했던 명령을 거듭하여 다섯 번 설명해주었다. 그리고 다시 명령을 내렸다.

"왼쪽으로!"

그러나 이번에도 여자들은 명령에 따르지 않고 큰 소리로 웃기만 했다. 손자는 이번에도 그들을 나무라지 않았지만, 뭔가 분명한 결정을 내린 듯 진지한 목소리로 말했다.

"약속과 명령이 모두 분명한데도 지키지 않았다면 이는 지휘자의 잘못이 아니라 장수의 잘못이다. 즉, 두 편대의 대장들의 잘못이라는 말이다."

그러면서 손자는 두 여대장의 목을 베려고 하였다. 이때 오왕 합려는 단상에 앉아 그들을 지켜보고 있다가 자신이 총애하는 두 여자들을 손자가 죽이려 하자 깜짝 놀라 급히 사자를 보내 손자의 화를 가라앉히려고 했다. 사자는 손자에게 다음과 같은 합려의 뜻을 전했다.

"과인은 이제 그대가 용병에 능하다는 사실을 알았소. 그러니 여기서 시험을 마치고 두 여인을 내게 돌려보내주시오. 과인은 저 두 여자가 없으면 밥을 먹어도 맛을 느끼지 못하니 제발 목을 베지 말아주시오."

그러자 손자가 말했다.

"신은 이미 군주의 명을 받아 장군이 되었습니다. 장군이 군대를 지휘할 때는 군주의 명령에 따르지 않는 경우도 있습니다."

말을 마친 후 손자는 가차 없이 두 여자의 목을 베어버렸다. 그리고 합려가 총애하는 또다른 여인 둘을 불러내어 새로운 대장으로 삼았다.

손자는 그녀들에게 다시 명령을 내렸다.

"왼쪽으로! 앞으로!"

그러자 여자들은 전후좌우로 뛰고 일어나며 마치 자로 잰 듯 일사불란하게 움직였다. 웃기는커녕 숨소리조차 내지 않았다.

얼마쯤 지난 뒤, 손자는 사자를 시켜 왕에게 보고하였다.

"이제 군사들은 정돈되었습니다. 왕께서 내려오셔서 시험해보십시오. 왕께서 명령을 내리시면 군사들은 이제 물속이든 불속이든 뛰어들 것입니다."

총애하는 두 여자를 잃은 슬픔에 잠긴 합려가 말했다.

"과인은 보고 싶지 않소. 장군은 그만 숙소로 돌아가 쉬도록 하시오."

그러자 손자가 말했다.

"왕께서는 병법에 대해 논하는 것만 좋아하시고, 실제로 운용하지는 못하시는군요."

이 일이 있은 후 합려는 손자가 용병에 능하다는 사실을 인정하고 오나라의 장군으로 임명하였다. 오나라가 서쪽으로는 강국 초나라를 격파하여 수도를 점령하고, 북쪽으로는 제나라와 진나라에까지 위세를 떨쳐 제후들 사이에 이름을 널리 알릴 수 있었던 것은 손자의 뛰어난 용병술 때문이었다.

손자는 '지피지기면 백전백승'이라는 말을 남겼다. 적을 알고 나를 알면 백 번을 싸워도 모두 승리한다는 뜻이다. 여기서 '지기', 즉 나를 안다는 것은 무엇인가. 아군을 낱낱이 파악하고 있어야 하며, 명령 한 마디에 일사불란하게 움직일 수 있어야 한다는 것이다. 손자는, 장수가 병사를 다루는 데는 슬기로움이 필요하다고 했다. 병사들과 친숙해지기도 전에 벌을 주면 복종하지 않고, 복종하지 않으면 부리기가 어렵다. 또한 병사들과 친해졌다고 해서 허물을 덮어주고 벌을 주지 않는다면 이 역시 부리기가 어려워진다. 그러므로 병사들을 가르치고 이끄는 것은 은덕으로써 하고, 통제하는 데는 위엄으로써 해야 한다는 것이다. 장수에게 병사들은 마치 어린아이와 같은 존재가 되어야만 한다. 그렇게 되어야만 병사들이 장수를 따라 깊은 계곡까지 들어가 행동을 같이하기 때문이다. 하지만 엄한 일면도 있어야 하는데, 그저 마냥 귀엽다고 어루만지기만 하면 아이들은 어느새 어른의 머리 위에 올라와 있기 마련이다. 그러므로 장수는 평소에 은덕과 위엄을 조화시켜 군법을 지켜나가야만 실전에 임해서도 명령이 제대로 전달될 수 있다고 손자는 강조한다.

공자와 소년의 대담

🌸 **공자의 나이가** 일흔을 넘긴 때였다. 공자는 그 무렵 당대 최고의 학자로서 존경받는 인물이었다.

하루는 공자가 한가로이 산책을 하다가 혼자 놀고 있는 어린 소년과 마주쳤다. 소년은 공자에게 다가와 공손하게 인사를 했다.

"공자님, 안녕하세요? 산책을 즐기고 계시나봐요."

"허허, 그래. 아주 똑똑하게 생긴 아이로구나."

아닌 게 아니라 눈망울이 초롱초롱한 게 소년은 무척 영리해보였다.

"이제 나도 공부를 할 만큼 해서 더이상은 배울 게 없는 것 같구나. 그래서 산책을 나왔단다."

공자가 소년의 머리를 쓰다듬으며 말했다. 소년은 공자의 말을 듣고 잠시 무언가를 생각하더니 눈을 반짝거리며 물었다.

"공자님, 이제 공부를 다 마치셔서 더 배울 것이 없으시다니 정말 존경합니다. 이제 세상에 있는 모든 것들을 다 아실 터이니 제가 궁금한 것을 몇 가지 여쭤봐도 될까요?"

"허허허, 녀석 말도 참 잘하는구나. 그렇게 하려무나."

공자는 소년을 지긋이 내려다보았다.

"그럼 먼저 한 가지 여쭙겠습니다. 밤이 되면 하늘에 별이 뜨지요?"

"그렇지."

"그럼 그 하늘에서 반짝이는 별은 모두 몇 개나 될까요?"

소년의 질문에 공자는 순간 당황해서 얼른 대답을 하지 못했다. 그러다가 겨우 입을 열어 말했다.

"얘야, 우리는 지금 땅 위에서 살고 있잖니? 그러니 하늘의 것은 묻지 말고 땅 위에 있는 것을 물어보렴."

그러자 소년이 다시 눈을 반짝이며 물었다.

"그럼 이번에는 땅 위에 있는 것을 여쭙겠습니다. 이 땅 위에 널려 있는 돌멩이는 몇 개나 될까요?"

이번 질문에도 공자는 말문이 막혀버렸다. 땅 위에 돌멩이가 몇 개나 있는지를 아는 사람은 세상에 아무도 없을 것이었다. 공자는 몹시 당황하여 잠시 후 겨우 이렇게 대답할 뿐이었다.

"얘야, 나는 지금까지 사람들이 어떻게 살아가야 하는지에 대해 공부를 했단다. 그러니 사람에 관한 것을 물어보렴."

소년이 다시 질문했다.

"그렇다면 이번에는 사람에 관한 것을 여쭙겠습니다. 공부를 하기 위해서는 눈으로 책을 읽어야 하지요?"

"그렇지."

"그럼 사람의 눈 위에 있는 눈썹은 모두 몇 개나 될까요?"

이번에도 역시 공자는 입을 다물고 있을 수밖에 없었다.

결국 공자는 어린 소년의 세 가지 질문에 한 가지도 대답하지 못했다. 그러자 소년이 말했다.

"공자님은 아는 게 하나도 없으시네요? 그렇게 아는 것이 하나도 없으시면서 공부를 다 마쳤다고 큰소리 칠 수 있는 건가요? 말씀을 조심하시고 공부를 더 하셔야겠네요."

소년은 이 말을 마치자마자 흔적도 없이 자취를 감추었다. 깜짝 놀란 공자는 혼자 우두커니 서서 한숨을 내쉬었다.

'아, 소년의 말이 모두 옳다. 말조심을 해야 하는 것을, 내가 잠시 나에 대해 착각을 하고 있었던 게야.'

공자는 그 후 깊이 뉘우치고 죽는 날까지 학문에 전념했다.

이 이야기에 나오는 소년은 관음보살이 변신하여 공자 앞에 나타난 것이라고 전해진다. 나이와 학문의 깊이에 관계없이, 사람은 누구나 죽을 때까지 학문에 정진해야 한다는 교훈을 주기 위해 쓰인 글이라고 볼 수 있다. 일흔이면 거의 죽음을 앞둔 나이이고, 더구나 당시 가장 학문이 깊었다는 공자조차도 어린 소년의 물음에 한 가지도 대답하지 못해 공부를 더 해야겠다고 뉘우쳤다니, 정말이지 학문의 길은 끝이 없다는 것을 새삼 느끼게 한다.

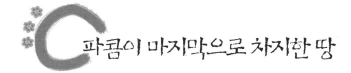
파콤이 마지막으로 차지한 땅

🌸 **러시아의 어느 시골 마을에** 파콤이라는 농부가 살고 있었다. 어느 날, 도시 상인과 결혼한 아내의 언니가 파콤의 집을 찾아왔다.

파콤의 아내와 언니는 차를 마시며 이런저런 이야기를 나누었다.

"너는 도시 생활을 해보지 않아서 모르겠지만, 도시는 정말 좋은 곳이야. 필요한 물건들이 상점에 가득 쌓여 있어서 아이들이 먹고 싶어하는 음식이나 입고 싶어하는 옷들도 언제든지 구할 수 있단다. 또 자주 마차를 타고 나들이를 나갈 수도 있으니 생활의 여유도 가질 수 있고 말야."

언니는 한참 동안 도시 생활에 대한 자랑을 늘어놓았다. 파콤의 아내는 은근히 약이 올라 도시 사람들을 깎아내리고 농촌 생활의 즐거움을 이야기했다.

"도시 생활이 뭐가 그렇게 좋다는 거야? 사람들이 인정도 없고 자기 생각만 하잖아? 나는 무슨 일이 있어도 도시로 가진 않을 거야. 농촌이 얼마나 좋은데. 비록 호사스럽지는 않지만 사람들이 인정도 많고, 또 어지간해서는 배를 곯지도 않아. 땅은 언제나 정직하거든. 우리가 땀 흘린 만큼 대가를 주는 게 바로 땅이란 말이지."

"그렇게도 땅이 좋으니?"

"그럼, 농부에게 땅은 많을수록 좋은 거라우."

벽난로 옆에 비스듬히 기대앉은 채 아내가 언니와 나누는 말을 듣고 있던 파콤이 끼어들었다.

"그럼요. 땅만 많으면 뭐든지 할 수 있지요. 그 누구도 부럽지 않고, 악마도 무섭지 않은걸요."

이때, 파콤의 말을 엿듣는 누군가가 있었으니, 바로 오래전부터 난로 뒤에 웅크리고 있던 사악한 악마였다. 악마는 파콤의 말을 듣고 매우 기뻐했다. 땅만 있으면 악마도 무섭지 않다고 큰소리를 친 것에 대해 승부욕이 발동한 것이었다.

'어디 나하고 승부를 한번 겨뤄보자. 네 소원대로 땅을 듬뿍 안겨주지. 후후후……'

악마는 속으로 파콤을 비웃고는 사라졌다.

그로부터 며칠 후, 길을 가던 한 나그네가 파콤의 집을 찾아왔다. 파콤은 나그네를 하룻밤 재워주기로 하고 음식을 대접했다. 식사를 마친 나그네와 파콤은 난롯가에 앉아 이야기를 나누었다.

"어디서 오신 분입니까?"

"나는 볼가강 부근에 살고 있답니다."

나그네는 많은 농사꾼들이 자기가 살고 있는 동네로 이사를 온다고 덧붙였다.

"왜 그렇죠? 땅이 비옥하기 때문인가요?"

"물론 강가니까 땅도 비옥하죠. 하지만 그보다는 마을 조합에서 이주민들에게 한 사람당 십 헥타르씩의 땅을 헐값에 나누어주고 있어서예요. 그러니까 하루가 다르게 이주민들이 불어나고 있지요."

"십 헥타르씩이나요?"

파콤은 흥분하기 시작했다. 한 사람당 10헥타르라면 지금 자신이 가진 것보다 훨씬 넓은 땅이고, 더군다나 나그네의 말에 의하면 밀을 심으면 서 있는 말들이 보이지 않을 정도로 키가 자란다는 것이었다.

땅이라면 자신의 모든 것을 바쳐도 좋다고 생각해오던 파콤은 나그네가 살고 있는 지방으로 이사를 해야겠다고 마음먹었다.

이튿날, 파콤은 아침 일찍 그 지방으로 찾아가 나그네의 말이 사실인지 아닌지를 알아보고 돌아와서는 자기 소유의 물건들을 하나씩 팔기 시작했다. 그리고 재산이 모두 정리되자 미련 없이 이사를 갔다.

이사를 마친 뒤 파콤은 맨 먼저 마을 노인들에게 술과 음식을 대접했다. 그리고 마을 조합에 가입한 뒤 그가 거느린 다섯 식구의 몫인 50헥타르의 땅을 분양받았다. 파콤은 그 땅 위에 집도 짓고 가축을 기를 우리도 지었다. 그리고 전보다 훨씬 기름진 땅에다 곡식을 심어 식구들과 함께 그 어느 때보다도 열심히 일했다. 그래서 1년이 지난 뒤에는 전에 비해 다섯 배나 되는 곡식을 더 수확할 수 있었다.

그는 이제 부자 소리를 들을 만큼 생활도 풍요로워졌다. 그리고 또 1년이 지났을 때는 이곳으로 이주해오기 전보다 무려 열 배나 재산이 늘었다. 그렇게 되자 파콤은 땅을 더 소유하고 싶어졌다. 그래서 조합장을 찾아갔다.

"조합장님, 땅을 좀더 빌려주시겠습니까?"

"어쩌나, 이제 쓸 만한 땅은 다 나누어줬는데."

조합장은 파콤이 성실하다는 사실을 알았기 때문에 더 많은 땅을 분양해 주고 싶었지만 농사를 지을 만한 비옥한 땅은 모두 나누어주고 없었다.

해가 바뀌어 맞은 봄 어느 날, 한 나그네가 파콤의 집에 찾아왔다. 파콤은 나그네를 맞아들여 식사를 대접했다. 식사를 마치고 파콤이 나그네에게 물었다.

"어디서 오신 분입니까?"

"나는 바슈키리야에 살고 있답니다."

파콤은 무엇보다 나그네가 살고 있는 곳이 농사짓기에 적합한지 어떤지가 궁금했기 때문에 그것부터 물어보았다.

"그 지방에선 농사가 잘 됩니까?"

"그럼요. 잘 되고말고요."

"곡식을 심을 땅은 어느 정도나 되나요?"

"그것을 어떻게 말로 다 표현하겠습니까? 아무튼 끝이 안 보일 정도로 넓습니다."

"예? 그렇게나 넓어요?"

"그럼요. 제가 가진 땅만 해도 오천 헥타르나 되는걸요."

"그 정도의 땅을 사셨다면 상당한 돈이 들었겠군요."

"돈은 별로 안 들었어요. 천 루블을 주고 샀답니다."

"예? 그게 정말입니까?"

파콤이 놀랄 수밖에 없었던 것은, 지금 살고 있는 마을에서는 5백 헥타르의 땅을 빌리는 데도 그 정도의 돈이 들었기 때문이었다. 한데 1천 루블로 그 열 배의 땅을 소유할 수 있다고 하니 파콤에게는 더할 나위 없는 희소식이 아닐 수 없었다. 더구나 파콤이 믿지 못하겠다고 말하자 나그네는 땅문서까지 보여주었다.

'이 사람 말이 사실이라면 여기서 농사를 지을 필요가 없겠구나. 내가 직접 가서 한번 알아봐야겠다.'

파콤은 날이 밝기만을 기다렸다가 아침이 되자 곧장 하인 한 명을 데리고 그 지방으로 떠났다. 파콤은 떠나면서 그동안 모아두었던 돈을 모두 챙겼다. 나그네의 말이 사실로 밝혀지면 당장이라도 땅을 사버리겠다는 생각에서였다. 그리고 그 지방의 촌장에게 줄 선물도 마련했다.

바슈키리야라는 지방은 좀 멀어서 파콤은 1주일이나 지나서야 도착했다.

"어디서 오신 분인가요?"

그 지방에 사는 어떤 청년이 파콤에게 물었다.

"저는 볼가강 근처 마을에서 왔는데, 이 지방에 비옥한 땅이 많다고 해서 찾아왔습니다."

"아, 그러세요. 그럼 절 따라오시지요."

파콤은 청년을 따라가면서 주위를 둘러보았는데, 정말 나그네의 말대로 저 멀리 까마득한 곳에 지평선이 보일 정도로 땅은 넓고도 넓었다. 청년은 어느 천막 앞에 멈춰서더니 파콤에게 잠시만 기다리라고 했다. 잠시 후 청년의 손짓에 천막 안으로 들어가보니 그곳에는 백발이 성성한 노인이 앉아 있었다.

"우리 마을의 촌장님이십니다."

"예, 그러시군요. 우선 이것부터 받으시지요. 제가 준비한 작은 선물입니다."

파콤은 준비해간 선물을 촌장에게 주었다. 촌장은 아주 기뻐하며 대번에 얼굴에 웃음꽃을 피웠다. 두 사람은 여러 가지 이야기를 나누었다.

"선물을 받으면 반드시 답례를 하는 것이 우리 마을의 오래된 풍습입니다. 지금 제일 갖고 싶은 게 무엇이오?"

파콤은 이때다 싶어 얼른 대답했다.

"오다보니 땅이 아주 비옥해보이던데, 제가 땅을 좀 살 수 없을까요?"

촌장은 잠시 생각한 뒤 대답했다.

"좋습니다. 인상도 선량해보이고 하니 땅을 팔겠습니다."

"여기 땅값은 얼마나 합니까?"

파콤은 이미 나그네에게 들어 값을 알고 있으면서도 확인을 해보기 위해 물어보았다.

"하루에 천 루블입니다."

"예? 하루라니요? 세상에 그런 식으로 계산하는 땅값도 있나요?"

"우리는 계산이란 걸 잘 모릅니다. 그래서 해가 떠서 해가 지는 시간까지 당신이 걸어다닌 땅을 모두 드리고 천 루블만 받습니다. 하지만 명심해야 할 게 하나 있습니다."

"네, 말씀하시죠."

"해가 질 때까지 처음 출발했던 곳으로 돌아오지 못하면 땅은 하나도 가질 수 없고 돈만 날리게 됩니다."

"그건 문제될 것도 없습니다. 그런데 제가 걸어다닌 땅을 어떻게 알 수 있지요?"

"중간 중간에 땅을 파서 표시해두면 됩니다."

파콤은 너무 기뻐서 이게 꿈이 아닌가 하고 제 살을 꼬집어보았다. 모든 것이 생시에 벌어지고 있는 일이었다. 파콤은 너무 들뜬 나머지 그날 밤 잠을 제대로 이룰 수가 없었다.

이윽고 날이 밝았다.

파콤은 촌장에게 1천 루블을 주고 삽 한 자루를 받았다. 이제 파콤이 걸어가는 길은 모두 그의 땅이 될 터였다.

파콤은 한 뼘이라도 더 많은 땅을 차지하려고 아침도 거른 채 길을 떠났다. 조금 걷다가 문득 뒤를 돌아본 파콤은 다시 돌아와야 할 출발지를 눈으로 확인해두었다.

'출발지는 작은 언덕이다. 작은 언덕⋯⋯.'

파콤은 속으로 되뇌며 걸음을 재촉했다. 파콤은 앞으로, 또 앞으로 나아가기만 할 뿐 뒤를 돌아보지 않았다. 가끔 땅을 파 자신의 소유지를 표시해둘 때만 다리도 쉴 겸해서 멈추곤 했다.

이제 처음 출발한 작은 동산은 까만 점으로 보였다. 그 점마저 보이지 않을 정도가 되었는데도 파콤은 계속 앞으로 걸어가기만 했다. 파콤은 자신의 이런 모습이 은근히 걱정스러워 중얼거렸다.

"내가 너무 욕심을 부리나? 아니야, 조금만 더 앞으로 갔다가 돌아가자."

이제 한낮의 태양은 점차 그 열기가 수그러들어, 점점 서쪽으로 기울기 시작했다. 그제야 파콤은 정신이 번쩍 들어, "이젠 정말 돌아가야겠구나" 하고 중얼거리며 종전보다 더 빠르게 걸음을 옮겼다.

해가 점점 기울어가고 있는데도 동산은 한 점으로 보일 뿐이었다. 파콤은 마음이 급해지기 시작했다. 걸음을 재촉해보았지만 먹은 것도 없어 기운이 나기는커녕 점점 지쳐만 갔다.

"안 되겠다. 이러다간 돌아가지 못하겠는걸. 뛰어야겠다."

파콤은 뛰기 시작했다. 그러나 뛰는 것 역시 생각처럼 속도가 붙지 않았다. 그래도 힘들여 차지한 많은 땅들을 포기할 수 없다는 생각에 파콤은 이를 악물고 뛰었다.

얼마나 달렸을까. 파콤은 이제 거의 의식을 잃은 상태에서 간신히 걸음만 옮기고 있었다. 그러면서도 한 가닥 정신만은 끝까지 놓지 않았다.

'저 많은 땅을 두고 이대로 갈 수는 없어. 어떻게든 저 동산까지 가야 돼. 힘을 내자, 힘을……'

마침내 동산 위에서 사람들이 외치는 소리가 어렴풋하게 들렸다.

"파콤 씨, 힘을 내시오! 이제 조금 남았소. 힘을 내요!"

파콤은 이제 한 뼘도 남지 않은 석양을 바라보며 사력을 다해 달렸다. 그것은 말 그대로 육체와 정신의 싸움이었다.

마침내 파콤은 동산에 다다랐다. 주위에 있던 바슈키리야 사람들이 박수로써 파콤을 환영해주었다. 촌장도 축하를 아끼지 않았다.

'정말 훌륭하오, 파콤 씨. 당신은 이제 우리 마을 사람 중에 가장 많은 땅을 차지하게 되었소."

그러나 파콤은 촌장이 하는 칭찬을 듣지 못했다. 땅바닥에 쓰러진 그가 다시는 일어서지 못한 것이다. 파콤의 입에서 붉은 피가 쏟아지는가 싶더니, 이내 숨을 거두고 말았다. 파콤의 하인이 달려가 주인을 일으켜세웠지만, 이미 파콤의 몸은 차갑게 식어가고 있었다.

하인은 주인을 땅에 묻기 위해, 파콤이 좋은 땅을 차지하려고 하루 종일 가지고 다녔던 삽으로 사방 2미터쯤 되는 구덩이를 팠다.

결국 파콤은 자신의 몸을 뉠 수 있는 땅만을 차지한 채 세상을 떠나고 만 것이다.

파콤은 적어도 쟁기를 들고 밭을 갈며 일을 하는 인물이다. 빈둥거리며 남에게 사기 칠 생각이나 하는 한량은 아니다. 그러니 비교적 성실한 농부라고 할 수 있는데, 그런데도 그의 가슴에 저토록 엄청난 욕심이 도사리고 있는 걸 보면, 확실히 욕망은 인간의 본능임을 다시 한 번 확인하게 된다. 이 글은 러시아의 문호 톨스토이의 작품을 조금 각색한 것인데, 매번 읽을 때마다, 요즘 사람들에게 파콤과 같은 기회가 주어진다면 어떤 일이 벌어질까, 하는 상상을 하게 만든다. 우리나라야 러시아처럼 땅이 넓지 않으니 삽 한 자루를 주고 하루 종일 걸어다닌 만큼의 땅을 줄 수는 없을 테고, 딱 한 시간 동안 발자국을 남긴 땅은 모두 등기를 내주겠다고 한다면 어떻게 될까? 한 백 사람에게 그런 기회가 주어진다면, 그중 아흔아홉은 강남이나 명동으로 모여들 것이다. 그리고는 대한민국의 그 노다지 땅 위에 자신의 발자국을 남기기 위해 서로 치고받고, 깨지고, 터지고 난리법석을 피울 것이다. 직접 보지 않아도 눈앞에 훤하다.

사람은 살아서 적당히 배부를 정도의 땅만 있으면 되고, 죽어서는 자신이 묻힐 땅이면 족하다는 생각을 하지 못한다. 적어도 왕성하게 살아 숨쉬고 있을 때는 그런 생각을 하지 못한다. 죽어서, 아니 죽는 순간, 그 짧은 시간에 그런 생각이 스쳐갈 수 있을까.

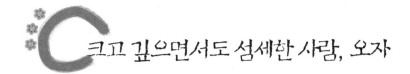

크고 깊으면서도 섬세한 사람, 오자

위나라의 오자는 부유한 집안에서 태어난 인물이다. 그는 젊었을 때 아버지로부터 많은 재산을 물려받았으나 방탕한 생활로 재산을 탕진하여 주위 사람들에게 멸시를 당했다. 그러나 그는 어렸을 때부터 병법을 공부하고 스스로 깨달은 바가 있어 언젠가는 병법으로 출세하겠다는 당찬 포부를 갖고 있었다. 그리하여, 자기를 비웃었던 사람들 중 30여 명을 살해한 뒤, 그길로 위나라를 떠나 노나라로 도주했다.

노나라에 간 오자는 공자의 제자인 증자를 찾아가 그의 문하에서 수학하였는데, 그러던 중에 어머니가 돌아가셨다는 비보를 접했다. 오자의 마음은 당장 고국땅으로 돌아가고 싶었지만 출세하기 전에는 돌아가지 않겠다고 맹세한 터라 눈물을 머금고 고국행을 포기했다. 하지만 효를 중시하는 증자가 그러한 오자를 그냥 놔둘 리 없었다. 오자는 바로 증자의 휘하에서 추방당했다.

증자의 문하에서 쫓겨난 오자는 이제 자기가 출세할 길은 오직 병법밖에 없다 생각하고 더욱 병법 연구에 몰두하던 중, 드디어 그에게도 길이 열렸다. 그가 병법에 출중하다는 소문이 세상에 알려지자 노나라 임금이 그를 등용했던 것이다.

때마침 노나라와 제나라 사이에 전쟁이 일어났다. 그 전쟁에서 오자는 총지휘관의 중책을 맡았는데 한 가지 난점이 있었다. 오자의 아내가 제나라 사람이어서 그의 충성이 의심스럽다는 소문이 돌았던 것이다. 그러자 오자는 입술을 깨물며 단칼에 자기 아내를 베어 두마음이 없음을 증명해보였다. 결국 그는 전쟁에서 크게 승리해 더욱 높은 벼슬에 올랐다.

그러나 주위 사람들의 모함은 그치지 않았다. 부모에게는 불효자식이고, 아내에게는 매정한 남편이라는 비난에 견디다 못한 오자는 노나라를 떠나 다시 위나라로 갔다. 오자는 출중한.병법으로 위나라 임금 문후의 마음을 사로잡아 태수의 벼슬을 얻었다.

임지로 간 오자는 병사들을 훌륭하게 훈련시켜 당시 최고의 강국이었던 진나라와 싸워 다섯 개의 성을 빼앗는 업적을 세우기도 했다.

오자가 병사를 사랑하는 마음은 그 누구도 따를 자가 없었는데, 오자는 병사들과 같은 옷을 입고, 같은 음식을 먹었으며, 함께 자고 함께 걸었다. 그가 이렇게 부하들을 사랑했기 때문에 자연히 그의 부하들도 그에게 충성을 맹세했다.

그러던 어느 날, 오자의 부하 한 명이 등에 종기가 나서 몹시 고생을 하고 있었다. 의원에게 그 병사의 종기를 보였더니 입으로 고름을 빨아주지 않으면 낫지 않는다고 하였다. 그러자 오자는 곧 병사의 종기에 입을 대고 고름을 빨아내었다. 그랬더니 과연 병사의 상처가 씻은 듯이 나았다. 이 광경을 본 같은 부대의 병사가 휴가를 받아 고향으로 내려갔는데, 마침 종기가 났었던 병사의 어머니를 만나게 돼 오자가 종기를 치료해주었다는 이야기를 전해주었다. 그러자 병사의 어머니는 통곡을 하며 말했다.

"이제 어쩌면 좋단 말인가! 등에 종기가 나는 것은 우리 집안의 내력이라오. 내 남편도 일찍이 오 장군 밑에서 부하로 있었는데, 그때도 남편 등에 종기가 나자 오 장군이 입으로 빨아서 치료를 해주었소. 그러자 남편은 장군의 은덕에 감격하여 목숨을 바쳐 충성하겠다고 맹세했는데, 정말 전쟁이 일어나자 용감히 싸우다가 사망했다오. 그런데 이번에는 아들 녀석이 오 장군에게 은덕을 입었으니 전쟁터에 나가게 되면 또 죽음을 두려워하지 않고 싸울 게 아니오?"

어머니가 염려한 대로, 그 병사는 얼마 후 전쟁터에 나가 자신의 아버지처럼 용감하게 싸우다 불행히도 죽고 말았다.

이처럼 부하를 사랑하는 마음이 남달랐던 오자는 죽음까지도 불사하는 병사들 덕분에 연전연승을 거듭했고, 문후는 그의 업적을 높이 사 더욱 큰 벼슬을 내렸다.

문후의 뒤를 이어 임금이 된 무후는 천성이 용맹스러워 전쟁을 좋아했다. 그리고 젊은 혈기에다가 고집까지 강해 오자의 간언을 무시하는 경향이 있어 서로 충돌할 때가 많았다. 더구나 새로 재상에 오른 공숙의 모함까지 겹쳐 생명에 위협을 느낀 오자는 이번에는 초나라로 건너갔다.

오자의 명성을 익히 알고 있던 초나라 도왕은 그를 재상으로 임명했다. 초나라 재상이 된 오자는 새로운 법과 제도를 만들어 정착시키는 한편 주변국을 쳐 초나라를 강대국의 반열에 올려놓았다. 하지만 오자의 개혁정치에 반감을 품고 있던 세력들은 도왕이 죽자 반란을 일으켜 마침내 그를 살해하였다. 그때 오자의 나이 예순이었다.

춘추시대에 활약했던 오자라는 인물의 일생을 간략하게 일별해보았다. 그의 일생을 통해 가장 눈에 띄는 것은 상황 변화에 따른 능수능란한 처신이다. 그는 위기가 닥치면 재빨리 판단하고, 자신이 내린 결정을 과감하게 실천했다. 그것은 자기 아내를 단칼에 벤 사건만 보아도 알 수 있다. 병법가로서는 드물게 유학을 공부한 사람이 아내를 자기 손으로 벤다는 것은 쉽지 않은 일이었을 것이다. 판단과 신념이 어지간히 굳지 않으면 쉬 해낼 수 없는 일이다. 반면 그는 말단 부하의 상처를 치료하기 위해 종기의 고름까지 직접 입으로 빨아낼 만큼 인정 많고 감성적인 사람이기도 했다. 대의를 생각할 줄 알고, 한편으로는 작은 일에까지 손을 뻗어 쓰다듬을 줄 아는, 크고 깊으면서도 섬세한 마음, 우리가 오자에게서 배워야 할 점들이다.

남모르게 쌓은 덕

🌸 손숙오는 초나라 때의 어진 재상이었다. 그는 어려서부터 남을 위하는 마음이 각별했다. 하루는 밖에 나갔다가 들어오더니 갑자기 어머니의 품에 안기며 눈물을 흘렸다.

"왜 그러느냐?"

어머니는 영문을 몰라 아들의 얼굴을 쓰다듬으며 물었다.

"어머니, 이제 저는 얼마 살지 못할 것 같습니다. 머리가 두 개 달린 뱀을 보았거든요."

당시에는 머리가 두 개 달린 뱀을 본 사람은 며칠 살지 못하고 죽는다는 소문이 떠돌았다.

"애야, 진정해라. 그런데 그 뱀을 어떻게 했느냐?"

"저야 어차피 얼마 살지 못할 목숨이기에 죽을 각오를 하고 뱀에게 달려들었습니다."

"그래서 뱀을 처치했느냐?"

"예. 그 뱀이 살아 있다면 또다시 누군가 그 뱀을 보게 될 것 아니겠습니까? 그래서 죽인 뒤에 땅에 묻었습니다."

"그렇다면 안심해도 되겠다. 남을 생각하는 마음이 그토록 갸륵하니 하늘이 너를 도우실 게야."

과연 어머니의 말씀대로 손숙오는 죽지 않고 자라 나중에 훌륭한 재상이 되었다. 재상이 된 그의 집안은 걱정없이 생활할 수 있었다. 손숙오가 나라를 위해 많은 공로를 쌓았던 터라 나라에서 그에게 후한 대접을 해주었기 때문이다.

그러나 손숙오가 죽은 뒤에는 왕이 그의 공로를 잊고, 손숙오의 집안을 돌봐주지 않아 가세가 점점 기울기 시작했다. 그러다보니 손숙오의 아들은 하루하루 생계를 이어나가기 위해 공부할 시간에 장사나 막일을 하러 나서야 했다.

그러던 어느 날, 궁중에서 연회가 열렸다. 왕은 광대들의 연극을 보며 술과 음식을 들고 있었다. 연회가 한창 무르익었을 때, 신하 중 한 사람이 불쑥 나서더니 왕에게 술을 권하는 게 아닌가.

"전하, 제가 술 한잔 따라 올리겠습니다."

흐뭇한 표정으로 신하가 따라주는 술잔을 받고 있던 왕의 안색이 갑자기 변했다.

"아니, 당신은 손숙오가 아니오?"

술을 따르는 신하는 분명 손숙오였다.

"당신은 이미 이 세상 사람이 아닌데 어떻게 이 자리에 있는 것이오?"

"전하를 꼭 뵐 일이 있어서 이렇게 다시 이승으로 내려왔습니다."

"오, 잘 왔소. 예전처럼 내 곁에서 나를 도와주시오."

왕은 너무 기쁜 나머지 그의 손을 꼭 쥐었다.

"황송하옵니다만 그건 좀 힘들겠습니다."

"아니, 그게 무슨 말이오?"

"저는 예전에 살아 있을 때 전하를 위해 몸과 마음을 다 바쳐 일했습니다. 그런데 제가 죽고 나자 전하께서 제 집안을 보살펴주시지 않아 지금 제 가족들은 걸인과 다름없는 생활을 하고 있습니다."

"아……, 그건……."

왕은 말문이 막혀버리고 말았다.

그때였다. 갑자기 손숙오가 물수건을 집어들더니 얼굴을 닦기 시작했다. 그러자 분장을 위해 칠한 화장이 차츰 지워지면서 손숙오의 모습은 온데간데없어지고 다른 사람의 얼굴이 나타나는 게 아닌가. 그는 손숙오가 아닌 궁중의 유명한 광대였던 것이다.

"아니, 이게 어떻게 된 일이냐?"

왕이 의아한 표정으로 묻자 광대가 말했다.

"먼저 전하께 무례를 범한 신을 용서하십시오. 제가 얼마 전에 길을 가다가 우연히 손숙오의 아들을 보았는데, 그는 누더기 옷을 입고 구걸을 하고 있었습니다. 그것을 보자 제 마음이 너무도 아팠습니다. 이 나라를 위해 큰 공을 세운 재상의 자식이 저렇게 거지로 살아서야 어느 누가 자신의 욕심을 버리고 나랏일에만 전념하겠습니까?"

왕은 그 말을 듣고 크게 뉘우쳐 손숙오의 아들이 학업에만 매진하도록 돌봐주었다.

『열자』에 손숙오와 관련된 이야기 한 편이 나온다.

초나라의 호구 지방에 사는 한 노인이 손숙오에게 사람들에게는 세 가지 원망의 대상이 있는데 그걸 아느냐고 물었다. 손숙오가 자세히 일러달라고 하자 노인이 말하기를, 사람들은 직위가 높은 사람을 투기하고, 임금은 벼슬이 높은 사람을 미워하며, 뭇사람들은 녹을 많이 받는 사람을 원망한다고 했다. 그러자 손숙오는 "제 직위가 올라갈수록 뜻을 낮추고, 제 벼슬이 높아질수록 마음을 작게 가지며, 제 녹이 많아질수록 널리 베푼다면 그 세 가지 원망으로부터 벗어날 수 있는지요?" 하고 다시 물었다. 그러자 노인은 고개를 끄덕였다. 세월이 흘러 손숙오가 죽음을 앞두고 아들에게 유언하기를 "임금께서는 자주 내게 영지를 주려고 하셨지만 내가 받지 않았기 때문에 내가 죽으면 분명 네게 땅을 주실 것이다. 그때 너는 절대 이로운 땅을 받지 말고 초나라와 월나라 사이에 있는 침구라는 지방의 허름한 땅을 청하도록 해라. 네가 오래도록 차지할 수 있는 땅은 그곳뿐이다"라고 했다. 손숙오가 죽자 임금은 과연 기름지고 아름다운 지방을 그의 아들에게 분봉하려 했으나 그의 아들은 아버지의 유언대로 이를 사양하고 침구 지방을 받아 그곳에서 자손들과 더불어 오래도록 살았다고 한다.

호구지계(狐丘之戒)라는 고사성어에 얽힌 이야기인데, 호구의 경계라는 말로써 다른 사람들에게 원망을 사는 일이 없도록 경계하라는 의미로 쓰인다.

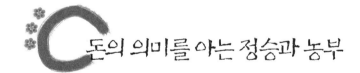
돈의 의미를 아는 정승과 농부

🌸 **마을 사람 누구에게나** 존경받는 덕이 높은 정
승과 부자 농부가 한 마을에 살고 있었다.

하루는 정승이 하인을 불러 테두리가 떨어져나간 엽전 한 냥을 주면서 말
했다.

"이 엽전을 가지고 대장간에 가서 떨어져나간 테두리를 깨끗하게 땜질하
여 오너라."

하인은 엽전을 받아 들고 대장간으로 달려갔다. 그런데 집을 나간 지 한
참 만에야 돌아온 하인이 고했다.

"이 귀 떨어진 엽전을 때워서 제대로 동전 구실을 하게끔 고치려면 세 냥
이 들어간다고 해서 그냥 돌아왔습니다. 한 냥짜리 엽전을 고치기 위해 세
냥의 공전을 줄 수는 없는 일 아니겠습니까?"

하인은 자신의 셈법에 주인도 수긍할 것이라는 자신감에 차서 당당하게

말했다. 하지만 정승은 근엄한 표정을 지으며 고개를 저었다.

"흠, 네 말이 옳기는 옳다. 공전이 세 냥이라면 결국 두 냥을 밑지는 것이니 네가 돌아온 것도 당연한 일이지. 하지만 너는 하나만 알고 둘은 모르는구나."

"무슨 말씀이신지요?"

당연히 칭찬을 들을 줄 알았는데 자신의 예상이 빗나가자 하인은 다소 상기된 얼굴로 반문했다.

"세 냥을 주고서라도 이 돈을 고쳐 쓴다면, 작게는 내 돈 한 냥을 살리는 것이고, 크게는 우리나라 전체의 돈 가운데 한 냥을 살리는 일이 아니겠느냐? 만약 이 돈을 못 쓰게 되었다고 해서 그냥 버린다면 결국 나랏돈 한 냥이 줄어드는 셈일 테고."

"그거야……."

"또한 대장장이에게 세 냥을 주더라도 그 돈은 살아 있는 돈이니 나라의 돈이 줄어들 리 없고, 크게 보아서는 대장장이의 수입이 늘었으니 나라의 경제에 보탬이 되는 일 아니겠느냐?"

하인은 비로소 고개를 끄덕였다.

"그러니 다시 대장간으로 가서 이 엽전을 땜질하여 오거라."

하인은 정승의 넓은 안목에 감탄하며 냉큼 몸을 돌려 대장간으로 향했다.

한편, 이 마을에는 타고난 부지런함으로 돈을 모아 남부럽지 않게 살고 있는 농부가 있었다. 그는 논농사 밭농사 가릴 것 없이 열심히 경작하여 많은 돈을 모았고 농한기에는 집 안에서 할 수 있는 여러 가지 일을 하여 돈을 모았다. 그리고 어느 정도 돈이 모이기만 하면 그는 더 많은 일을 하기 위해 논과 밭을 사들였다. 그로 인해 돈이 돈을 불러와 마침내 큰 부자가 된 것이다.

반면 이웃 마을에는 그와 달리 가난을 면치 못하고 사는 한 농부가 있었다. 그 농부 역시 겉보기에는 부자 농부와 다를 바 없이 열심히 일하였지만 이상하게 늘 가난에서 벗어나질 못했다.

어느 날, 가난한 농부가 부자 농부에게 찾아와 물었다.

"나도 당신처럼 열심히 일하는데 왜 나는 늘 가난하고 당신은 부자로 사는지 모르겠소. 그 비결을 좀 가르쳐주시오."

그러자 부자 농부는 가난한 농부를 데리고 나무 밑으로 가더니 뜬금없는 얘기를 꺼냈다.

"이 나무의 꼭대기까지 올라갈 수 있겠소?"

제법 높은 나무였지만 부자가 되는 비결을 가르쳐준다는 데 무엇이 문제겠는가. 가난한 농부는 있는 힘을 다해 나무 꼭대기까지 올라갔다.

"자, 다 올라왔는데 이제는 어떻게 하면 되오?"

나무 꼭대기에서 가난한 농부가 소리쳤다.

"두 손으로 나뭇가지 하나만 잡고 매달려보시오."

겁이 나긴 했지만 가난한 농부는 위험을 무릅쓰고 나뭇가지를 잡고 매달렸다. 그렇게 되고 보니 두 다리가 허공에 대롱대롱 매달린 꼴이었다.

"이제 어떻게 하면 되오?"

"한 손을 놓아보시오."

가난한 농부는 더욱 겁이 났지만 꾹 참고 시키는 대로 했다. 방금 전보다 더욱 아슬아슬한 꼴이 되었다.

"다음에는 또 어떻게 하면 되오?"

"이제 나머지 한쪽 팔도 놓아보시오."

그 말을 듣는 순간 가난한 농부는 버럭 소리를 질렀다.

"이보시오, 지금 무슨 말을 하는 거요? 당신 돈푼깨나 있다고 사람을 놀리는 거요? 이 손마저 놓으면 나는 떨어져 죽고 말 것 아니오?"

가난한 농부는 너무 기가 막히고 화가 치밀어 참을 수가 없었다.

"아, 그렇게 느끼셨소? 그렇다면 죽을 수야 없는 일이니 이제 나무에서 내려오시오."

가난한 농부는 나무에서 내려오자마자 부자 농부의 멱살을 움켜쥐었다.

"당신이 날 죽이려고 했겠다? 부자가 되는 법을 가르쳐준다면서 나를 가지고 놀았던 거야. 안 그래?"

그러자 부자 농부가 빙그레 웃으며 말했다.

"진정하시오. 나는 부자가 되는 법을 가르쳐준 것뿐이오."

"무슨 허튼수작이야? 언제 나한테 그 방법을 가르쳐주었다는 거야?"

가난한 농부는 여전히 화를 참지 못하고 펄펄 뛰었다.

"내 말을 잘 들어보시오. 방금 전에 두 손을 다 놓으면 떨어져 죽을 거라고 했지요?"

"그럼, 당신 같으면 그 높은 곳에서 떨어져도 살 자신이 있단 말이야?"

"바로 그것이오. 당신이 부자가 되려거든 당신 손에 돈이 들어왔을 때 아까 저 높은 곳에서 나뭇가지를 잡듯이 꼭 붙잡고 절대로 놓으면 안 되는 법이오. 내 말이 무슨 뜻인지 알겠소?"

가난한 농부는 그제야 부자 농부의 뜻을 알아차렸다.

"부자가 되는 일은 나뭇가지를 잡고 있는 것처럼 아주 쉬운 일이오. 당신처럼 돈이 들어오기 무섭게 마구 써대면 언제 돈을 모은단 말이오? 앞으로는 돈이 들어오면 당신이 나뭇가지를 꼭 잡고 있었던 때를 생각하시오. 그러면 당신도 틀림없이 부자가 될 것이오."

가난한 농부는 그의 말을 그대로 실행하여, 훗날 그 역시도 큰 부자가 되었다고 한다.

정승과 농부는 돈의 진정한 의미를 아는 사람들이다. 정승은 넓은 안목을 지닌 사람이어서 동전 한 닢이 한 나라의 경제에 미치는 영향이 어떠한지를 명쾌하게 꿰고 있었다. 요즘 정치인 중에 이런 사람이 몇이나 될까. 몇은 고사하고 있기는 할까. 사과 상자에 담겨 돈이 오가는 터라 지폐 한 장을 들고 귀퉁이가 떨어져나갔는지 꼼꼼하게 살필 여건도 안 될 뿐더러, 아마 그럴 정신적인 여유도 없을 것이다. 만 원짜리 한 장으로 하루 혹은 며칠을 살아가는 사람들도 의외로 많다. 그런 이들은 지폐를 자꾸 들여다본다. 선뜻 써버리기가 아깝기, 아니 무섭기 때문이다.

농부의 입장에서 보면 돈이란 내 손으로 거머쥐었을 때 비로소 나의 것이 된다. 내가 꼭 붙들지 않으면 돈은 자꾸 나한테서 달아나려고 한다. 그게 돈의 속성이다. 똑같이 일하고도 부자 농부는 달아나려는 돈을 꼭 쥐었기 때문에 부자 소리를 들은 것이고, 가난한 농부는 달아나려는 돈을 방치해두었기 때문에 가난해진 것이다.

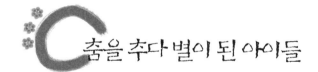

춤을 추다 별이 된 아이들

한 무리의 인디언들이 황폐한 땅을 등지고 사냥감이 많은 땅을 찾아 길을 떠났다. 인디언들은 하루 종일 끝없이 이어지는 벌판을 걸어갔다. 그러다가 밤이 되면 적당한 곳에 천막을 치고 잠을 잔 뒤 날이 밝으면 또다시 길을 떠나곤 했다.

그들은 길을 가다가 산토끼나 다람쥐 같은 동물을 사냥해서 식량으로 삼았으며, 물이 고여 있는 웅덩이를 발견하면 목도 축이고 목욕도 했다. 그렇게 한 달 가까이 이동한 끝에 마침내 목적지에 도착했다. 인디언들이 다다른 곳은 넓은 호수가 있는 푸른 초원이었는데, 그들은 그곳을 매우 아름다운 호수라는 뜻에서 '칸아쵸'라고 이름붙였다.

호수에는 수많은 은빛 고기들이 춤을 추듯 튀어올랐고, 주변에는 울창한 나무들이 빽빽하게 들어서 있었다. 또한 숲속에서는 노루와 사슴들이 뛰어놀았다. 인디언들은 이곳이야말로 자기들이 찾던 낙원이라 여기고 짐을 풀었다.

인디언들의 추장은 물속의 오솔길이라는 뜻의 '하야노' 라고 불렸다. 하야노는 부족들에게 각기 할 일을 주었다. 일부는 숲에 들어가 사냥을 해오고, 또 일부는 나무를 베도록 했다. 그리고 움막을 지을 사람도 정해주었으며, 아이들은 물을 긷게 하고 여자들은 빨래와 요리를 하게 했다.

저녁 무렵이 되자 하야노는 부족들을 모두 한곳에 모이도록 하고 하늘에 감사기도를 올렸다.

"우리를 이처럼 훌륭한 땅에 정착하도록 이끌어주신 점 감사드립니다."

그 후 인디언들은 먹을 것과 잠잘 곳을 걱정하지 않아도 되는 행복한 나날을 보냈다. 하지만 날이 지날수록 아이들은 이곳 생활에 지루해했다. 이곳에는 놀이를 즐길 만한 기구가 하나도 없었기 때문이었다. 그래서 아이들은 지루함을 달래려고 춤을 추기 시작했는데, 어느새 춤은 아이들의 유일한 즐거움이 되었다.

어른들은 매일 춤만 추는 아이들을 보며 말했다.

"너희들은 춤밖에 모르니? 들판에 나가 사냥도 하고 호숫가에 가서 수영도 하면서 놀아보렴."

아이들은 고개를 저으며 대답했다.

"그런 것들은 춤추는 것보다 재미가 없는걸요? 우리는 신나게 춤을 출 때가 제일 재미있어요."

아이들은 매일 호숫가에 모여 흥겹게 춤을 추었다.

그러던 어느 날, 어디서 나타났는지 모를, 하얀 수염이 거의 땅에 닿을 듯한 한 노인이 아이들에게 말했다.

"너희들은 춤을 참 잘 추는구나. 하지만 이제부터는 춤을 추지 말거라."

아이들이 의아해하며 물었다.

"우리는 춤을 출 때가 가장 행복해요. 그런데 왜 춤을 추지 말라는 거죠?"

"그래도 앞으로는 춤을 추면 안 된다. 만약 내 말을 듣지 않고 계속 춤을 추면 반드시 너희들에게 안 좋은 일이 생길 거야."

하지만 아이들은 노인의 말을 듣지 않았다. 노인이 말을 마치고 돌아서자마자 다시 신나게 춤을 추기 시작했다.

다음날도 노인은 아이들 앞에 나타났다.

"내가 춤을 추지 말라고 분명히 말했을 텐데? 후회하기 전에 내 말을 듣거라. 다시 말하건대 앞으로는 절대 춤을 추지 말아야 해."

그래도 아이들은 막무가내였다. 노인이 말할 때만 잠시 멈추는 척하였을 뿐 노인이 돌아서기만 하면 다시 춤을 추었다. 그렇게 며칠 동안, 노인은 계속 나타나서 아이들에게 춤을 추지 말라고 경고했고, 아이들은 노인이 돌아가기 무섭게 계속 춤을 추는 웃지 못할 사태가 이어졌다.

하루는 한 아이가 걱정스런 표정으로 말했다.

"그 할아버지의 말대로 우리에게 안 좋은 일이 생기면 어떡하지?"

다른 아이가 대답했다.

"그 이상한 할아버지의 말을 믿니? 괜찮아, 아무 일도 없을 거야."

"아니야, 그래도 그 할아버지 말이 맞을지도 모르니 당분간은 춤을 추지 말고 다른 놀이를 찾아보자."

"그래. 정 그렇다면 추지 말자."

아이들은 다음날부터 다른 놀이를 시작했다. 소꿉놀이도 해보고, 전쟁놀이도 해보았다. 어른들의 말대로 호숫가에 가서 수영도 해보았다. 하지만 모두 시들했다. 이미 아이들은 춤에 중독이 되어버렸는지 다른 놀이를 하고 있을 때도 오직 춤추는 생각만 했다. 결국 아이들은 다시 모여 춤 놀이를 했다. 아이들이 다시 춤을 추며 놀고 있는데도 노인은 나타나지 않았다.

그러던 어느 날, 아이들은 여느 날과 다름없이 춤을 추며 그 재미에 흠뻑 빠져 있었다. 점심때가 지났지만 밥을 먹는 것도 잊은 채 계속 춤만 추었다.

"이제 배도 고프니 우리 밥 먹고 다시 모이자."

한 아이가 그렇게 제안하는 순간, 이상한 일이 벌어졌다. 갑자기 아이들의 몸이 두둥실 떠오르는 것이었다.

"어라? 내 몸이 갑자기 왜 이렇게 가볍게 느껴지지?"

"나도. 내 몸이 뜨고 있어!"

아이들은 모두 점점 하늘로 떠오르고 있었다. 모두 배가 고픈 상태에다 매일 춤을 추어왔기 때문에 몸이 깃털처럼 가벼워진 것이다.

"안 되는데, 난 땅으로 내려가고 싶어! 살려주세요!"

아이들은 모두 겁에 질려 소리쳤지만 몸이 말을 듣지 않았다. 아이들 중에서 몸집이 가장 큰 아이가 큰소리로 말했다.

"절대 뒤를 보면 안 돼! 뒤를 보면 더 나쁜 일이 생기니까."

아이들의 부모들은 뭔가 이상한 일이 일어났을 때는 뒤를 돌아보지 말라고 가르쳐왔다. 뒤를 돌아보면 반드시 나쁜 일이 생긴다는 믿음을 가지고 있었기 때문이었다.

"빨리요! 빨리 나와서 저걸 보세요!"

그때 부락에 사는 한 여자가 두둥실 떠오르는 아이들을 발견하고 소리쳤다. 부락의 어른들이 우르르 몰려왔지만 때는 이미 늦었다. 아이들은 어른들도 어찌할 수 없는 높이까지 올라가 있었다. 부모들은 저마다 자기 아이들의 이름을 부르며 발을 동동 굴렀지만 손을 쓸 방법이 없었다. 아이들도 그저 땅 밑에서 아우성치는 부모들의 고함소리를 들으며 점점 하늘로 높이 높이 올라갈 뿐이었다.

그때, 한 아이가 무심코 뒤를 돌아보았는데 순간 그 아이는 별똥별로 변해 땅에 떨어지고 말았다. 그리고 나머지 아이들은 하늘로 올라가 각각 별이 되었다.

지금 우리가 플레이아데스, 히아데스 등의 이름으로 부르는 별의 무리들은 바로 이 아이들이 변해서 된 것이라고 한다. 그래서 인디언들은 지금도 유성이 하늘을 가로지를 때마다 그 아이들을 생각하곤 한다는 것이다. 그리고 오늘도 하늘에 모여 있는 별들이 마치 춤을 추듯 계속 쉼 없이 반짝인다고 믿는단다.

별에 관한 전설은 무수히 많다. 하나의 별자리를 놓고도 나라마다 이야기가 다르다. 그래서 별자리 전설은 그 민족의 상상력을 알아보는 데 유용하다. 인디언들 사이에서 전해내려오는 이야기는 주로 삶의 고단함과 역경을 이겨내는 것들이 많은데, 여기서 소개한 내용은 서정적이며 낭만적이다. 특히 아이들이 춤을 추다가 하늘로 올라가 별이 되었다는 상상력이 아름답기 그지없다. 힐리우드식 영화를 보면 인디언은 미개하고 파괴적이며 잔인한 인물로 그려지는 경우가 많은데, 이 글에서는 매우 서정적인 인디언의 자연관 내지 우주관을 엿볼 수 있다.

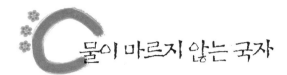

물이 마르지 않는 국자

❀ 러시아의 어느 지방에 심한 가뭄이 벌써 여러 달째 이어지고 있었다. 비 한 방울 내리지 않아 땅은 쩍쩍 갈라졌고, 농작물을 포함해 들과 숲의 나무들은 모두 타들어가 앙상한 쭉정이만 남았을 뿐이었다. 먹을 물도 바짝 말라붙어 사람들은 심한 갈증에 허덕였다. 마침내 소나 말은 물론이고 많은 사람들이 물을 마시지 못해 죽어갔다.

그러던 어느 날 밤, 한 소녀가 나무로 만든 국자 하나를 가지고 마을을 헤매고 있었다. 소녀는 벌써 며칠째 중병에 걸려 신음하는 어머니를 위해 물을 찾아 밖으로 나온 것이었다.

"제발 죽기 전에 물 한 모금이라도 먹고 죽었으면……."

소녀의 어머니는 애타게 물을 찾았다. 그래서 소녀는 어떻게든 물을 구하려고 국자 하나를 들고 무작정 집을 나선 것이었다. 하지만 세상이 온통 말라붙어 어디를 가든 한 방울의 물도 얻기 힘들었다. 소녀는 온종일 물이 있는 곳을 찾아다니다 지쳐 나무 밑에 주저앉고 말았다. 하늘을 올려다보니 어느덧 별이 총총히 빛나고 있었다. 별들은 매우 영롱하게 빛나 바라보기는 좋았으나, 별이 빛나는 날은 비가 오지 않는다는 사실을 알고 있는 소녀로서는 그리 달갑지 않았다.

피곤에 지친 소녀는 나무 아래 쓰러져 잠이 들었다. 얼마나 잤을까, 소녀가 눈을 뜨니 하늘에서는 여전히 별이 반짝였고 둥그런 달도 바로 소녀의 머리 위에 있었다. 소녀는 다시 정신을 차리고 옆에 놓아둔 국자를 찾았다. 그런데 이게 웬일인가. 국자 안에 맑은 물이 하나 가득 고여 있었던 것이다. 깜짝 놀란 소녀는 너무 반가워 자기도 모르게 국자에 입을 가져갔다. 며칠 동안 물 한 방울 마시지 못한 탓에 소녀는 우선 자신의 갈증부터 달래보려고 했던 것이다. 하지만 그 순간 어머니의 얼굴이 떠올랐다.

"제발, 죽기 전에 물 한 모금이라도……."

국자에 담긴 맑은 물에 어머니의 얼굴이 비쳤다. 소녀는 차마 물을 마실 수가 없었다.

"그래, 어머니께 먼저 갖다드리고 나는 남은 물을 마시자."

소녀는 국자에 담긴 물이 행여나 엎질러질까봐 조심스럽게 일어나 천천히 집을 향해 걷기 시작했다. 그런데 얼마나 갔을까? 소녀는 그만 돌부리에 걸려 넘어지면서 국자를 놓치고 말았다.

"어머나, 이를 어째……."

소녀의 실망은 이만저만이 아니었다. 국자는 저만치에 나동그라져 있었다. 애써 구한 물을 마셔보지도 못하고 엎지른 절망감 속에 소녀는 국자로 손을 뻗었는데, 신기하게도 국자의 물이 한 방울도 쏟아지지 않고 고스란히 담겨 있는 게 아닌가. 소녀는 눈물을 흘리며 신께 감사의 기도를 올렸다.

"정말 고맙습니다. 이제 제 어머니는 살 수 있을 거예요."

소녀는 국자를 두 손으로 조심스럽게 받쳐들고 다시 걷기 시작했다. 얼마쯤 걸어가자 배가 등에 달라붙을 정도로 비쩍 마른 강아지 한 마리가 소녀의 발밑으로 오더니 그대로 혀를 내밀고 축 늘어졌다. 그리고 간신히 고개를 들어 소녀를 쳐다보았다.

'저에게 물 한 모금만 주세요, 제발⋯⋯.'

강아지의 애처로운 눈은 그렇게 말하는 것 같았다. 소녀는 강아지를 못본 척할 수 없어 국자의 물을 손바닥에 조금 받아서 강아지에게 먹여주었다. 그러자 강아지는 금세 기운을 차리고 벌떡 일어나 길을 떠났다.

소녀는 다시 집을 향해 걷기 시작했다. 그런데 들고 있는 국자가 더 무거워진 것 같아 고개를 숙여 국자를 보니 이번에는 나무였던 국자가 은으로 바뀌어 있는 게 아닌가.

"어, 이게 어떻게 된 거지? 자꾸 이상한 일이 벌어지네?"

소녀가 집에 도착하자 소녀를 본 어머니는 너무 반가운 나머지 금방이라도 자리에서 일어날 것처럼 활짝 웃었다.

"어머니, 물을 구해왔어요. 어서 드세요."

"그래, 고맙다⋯⋯."

어머니는 눈물을 글썽이며 국자를 받아 물을 마신 뒤 어느 정도 갈증이 가시자 소녀에게 말했다.

"이제 물을 마셨으니 지금 죽어도 한이 없다. 나는 이만하면 됐으니 나머지 물은 네가 마시거라."

어머니가 소녀에게 국자를 건네자 또 이상한 일이 일어났다. 은국자가 어느새 금국자로 바뀌어 있었다. 소녀와 어머니는 깜짝 놀랐다.

물론 소녀 역시 갈증을 참아왔던 터라 정말이지 딱 한 모금이라도 물을 마시고 싶었지만 소녀는 애써 참았다.

"아녜요. 저는 목마르지 않아요. 어머니, 많이 드시고 얼른 일어나셔야죠."

어머니는 소녀의 마음이 너무도 갸륵해 눈물을 흘렸다.

"아니다. 네가 마시거라."

두 모녀가 마실 물을 양보하겠다며 실랑이를 벌이고 있을 때, 갑자기 현관문이 열리면서 몹시도 여윈 한 노인이 들어왔다.

"지나가다가 듣자하니 서로 물을 마시라며 권하는 것 같은데, 진짜 이 집에는 물이 있소?"

"예, 그렇기는 합니다만⋯⋯."

소녀가 대답하자 노인이 애원하듯 말했다.

"나는 이제 더는 살 수 없는 몸이지만, 그래도 마지막으로 물 한 모금이라도 마시고 싶은데, 먹여줄 수 있겠소?"

힘없이 애원하는 노인이 너무 가여워 소녀는 국자를 건네주었다.

"아이고, 정말 고맙구먼."

그러나 노인은 물을 마시지 않고 국자 안을 가만히 지켜보며 입가에 잔잔한 미소만 띠우고 있었다.

"왜 마시지 않으세요?"

소녀가 묻자 노인이 소녀를 불렀다.

"이리 와보거라. 여기를 한번 들여다보렴."

소녀가 다가가 노인이 들고 있는 국자 안을 들여다보자, 그 안에서 일곱 개의 다이아몬드가 마치 밤하늘의 별처럼 영롱하게 빛나고 있는 게 아닌가.

노인은 국자의 물을 마신 뒤 소녀에게 건네주었다. 그런데 국자 안의 물은 조금도 줄어들지 않았다. 소녀가 노인에게 어찌 된 일인지 물어보려고 고개를 드는 순간, 노인은 이미 어디론가 사라져버리고 없었다. 그리고 노인이 사라지는 순간, 국자 안에 들어 있던 일곱 개의 다이아몬드도 밖으로 튀어나와 하늘로 날아가버렸다.

소녀는 창가로 달려가서 하늘로 올라가는 일곱 개의 다이아몬드를 바라보았다. 잠시 후 그 다이아몬드들은 하늘에 박혀 별이 되었는데, 북쪽 하늘에 박힌 일곱 개의 별은 국자 모양을 하고 있었다.

아무리 마셔도 줄어들지 않는 국자의 물을 마시고 어머니는 씻은 듯이 병이 나았다. 어머니뿐만 아니라 마을 사람들도 모두 그 물을 마시고 기운을 차려 일을 시작했다. 그리고 국자 모양의 별이 생긴 얼마 뒤, 드디어 고대하던 단비가 내렸다. 그 후부터 사람들은 하늘에 생긴 그 국자 모양의 별에 영원히 마르지 않는 물이 담겨 있을 거라고 굳게 믿었다.

러시아에서 전해오는 북두칠성에 관한 이야기이다. 북두칠성 이야기도 동서양에 따라 다양하다. 동양에서는 북두칠성을 국자의 형상으로 보았지만, 서양에서는 아름다운 여인이 곰으로 변신한 형상으로 보았다. 인디언들 역시 북두칠성을 곰의 형상으로 보았다.
어느 날, 곰 한 마리가 숲속에서 길을 잃고 헤매다 밤이 되어 잠을 자고 있는데, 어디선가 부스럭거리는 소리가 나 깨어보니 그 소리는 나무가 걸어가는 소리였다. 그 나무는 숲의 대왕이었던 것이다. 곰이 길을 잃었다고 하자 숲의 대왕은 고향으로 돌아가게 해준다며 곰의 꼬리를 잡아 빙글빙글 돌리더니 허공으로 던져버렸다. 곰은 하늘로 자꾸자꾸 올라가 큰곰자리가 되었는데, 북두칠성의 기다란 부분은 큰곰의 꼬리이며, 그처럼 긴 꼬리 형상을 하게 된 것은 대왕이 곰 꼬리를 잡고 수없이 빙빙 돌렸기 때문이라고 전해진다. 그리고 대왕이 곰을 얼마나 세게 던졌는지, 아직도 곰은 북쪽 하늘에서 큰 원을 그리며 돌고 있다고 한다.

126

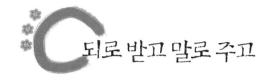

되로 받고 말로 주고

🌸 **가난한 두 형제가** 한 집에 살고 있었다. 그러나 지금 살고 있는 마을에서는 도저히 돈을 벌 수 없을 것 같아 동생은 집을 지키고 형은 다른 마을로 돈벌이를 떠나기로 했다. 길을 떠난 형은 한 마을에 도착한 뒤, 제일 먼저 부자가 산다는 집으로 무작정 찾아갔다.

"무슨 일이라도 좋으니 제발 저에게 일을 시켜주십시오."

형은 부자를 만나 간곡하게 부탁했다. 부자는 형의 용모를 이리저리 살펴본 뒤 회심의 미소를 짓고는 안으로 들어오라 일렀다.

"좋다. 일은 시켜줄 텐데, 열심히 할 자신은 있나?"

일자리를 얻은 기쁨에 형은 부자에게 절부터 했다.

"그럼요. 정말 고맙습니다."

"그 대신 한 가지 조건이 있네. 내년 봄 뻐꾸기가 처음 올 때까지 일을 하겠다고 약속을 하게. 그리고 그때까지 단 한 번이라도 화를 내서는 안 되네.

만약 화를 내면 벌금으로 천 냥을 내놓아야 하네."

"만약 화를 내지 않는다면 제겐 무얼 주실 건가요?"

"자네에게 천 냥을 주지. 그런데 만약 조건을 어겼는데 자네에게 돈이 없다면 십 년 동안 품삯 한 푼 없이 우리 집에서 일만 해야 하네."

"알겠습니다."

천 냥을 준다는 말에 형은 아무 고민도 해보지 않고 고개를 끄덕였다. 부자는 서랍에서 종이를 꺼내 계약서까지 쓰고는 형의 서명까지 받아 깊숙한 곳에 넣어 보관했다.

'기뻐해라 아우야. 내년 봄까지 단 한 번도 화를 내지 않는다면 천 냥이 절로 생기게 된단다. 이젠 우리도 잘살 수 있을 거야.'

형은 계약서를 쓰고 나서 마치 당장이라도 천 냥을 손에 쥔 것처럼 기뻐했다. 그러나 그것은 형의 생각만큼 쉬운 일이 아니었다.

이튿날 아침, 날이 밝기가 무섭게 부자는 형을 깨워 끝도 보이지 않는 들판으로 데리고 나갔다. 그리고 뒷짐을 진 채 형에게 말했다.

"날이 밝은 동안에 저쪽 나무가 있는 곳까지 풀을 베도록 하게. 일을 하다가 컴컴해서 앞이 안 보일 정도가 되면 그때는 집으로 돌아와도 좋네."

"예, 알았습니다. 나으리."

부자가 돌아가자 형은 팔을 걷어붙이고 일을 시작했다. 하루 종일 잠시도 쉬지 않고 풀을 베었지만 나무가 있는 곳까지는 채 반도 다다르지 못했다. 날이 어두워지자 형은 녹초가 되어 집으로 돌아왔다. 그러자 부자가 문 밖에서 기다리고 있다가 그에게 말했다.

"왜 벌써 돌아왔지?"

"이제 해가 져서 어두워지지 않았습니까? 그러니 돌아와야죠."

"자네 지금 무슨 말을 하는 건가? 내가 분명히 밝은 시간 동안에는 풀을 베라고 했을 텐데? 지금 보름달이 떠서 이렇게나 밝은데 풀을 벨 수 없다는 말인가? 그리고 내가 나무 있는 곳까지 풀을 베라고 했는데 거기까지는 다 벤 게야?"

부자는 형이 반박하지 못하도록 자기가 아침에 했던 말을 줄줄이 읊어댔다. 형은 뭔가 잘못되어가고 있다는 생각에 표정이 굳어졌다.

"자네, 내 말에 화가 나는 모양이군."

"아, 아닙니다. 지금 갑니다."

형은 할 수 없이 다시 들판으로 발길을 돌렸다. 그리고 밤새도록 풀을 벴다. 하지만 보름달이 지자 다시 해가 떠올랐다. 거의 기다시피 하여 집으로 돌아온 형을 보고 부자가 나무라듯 말했다.

"아니, 해가 중천에 떠 있는데 왜 일을 하지 않고 돌아왔지?"

이번에는 형도 참을 수가 없어 큰소리로 말했다.

"이 사기꾼 같으니! 나를 아주 죽이려고 작정을 했구나!"

"자네 지금 나한테 화를 낸 건가?"

"그래. 나는 이제 더이상 일 못하겠으니 당신 마음대로 해!"

말은 그렇게 했으나 형은 눈앞이 캄캄했다. 계약을 어겼으니 천 냥의 벌금을 내거나 10년 동안 머슴살이를 해야 할 판이었다. 형은 고민 끝에 지금 당장은 천 냥의 돈이 없으니 매월 조금씩 10년 동안 갚아나가기로 부자와 어렵게 합의를 하고 집으로 돌아왔다. 집에 돌아온 형은 풀이 죽은 채 동생에게 그동안의 일을 이야기했다. 그러나 동생은 전혀 걱정하지 않고, 오히려 기운차게 형을 위로했다.

"형님, 심려치 마세요. 내가 그 사기꾼을 혼내주고 올 테니 이번에는 형님이 집을 지키고 계세요."

동생은 형이 일했던 부잣집으로 찾아가 일을 시켜달라고 했다. 부자는 지난번 그의 형에게 했던 것과 똑같은 조건을 동생에게도 제시했다. 그러자 동생은 고개를 저었다.

"아뇨. 천 냥은 너무 적으니 이천 냥으로 올리죠? 제가 먼저 화를 내면 이천 냥을 벌금으로 내거나 이십 년 동안 품삯 없이 일을 할게요. 그 대신 주인님이 먼저 화를 내면 제게 이천 냥을 주셔야 합니다."

부자는 이게 웬 떡인가 싶어 얼른 제안을 받아들였다. 부자는 지난번처럼 계약서를 써서 한 장씩 나누어 가졌다. 동생은 부자에게 내일부터 일을 열심히 해야겠으니 고기와 밥을 달라고 했다. 부자는 하인을 시켜 동생에게 상을 차려주도록 했다. 동생은 배불리 먹고 편하게 잠자리에 들었다.

다음날 아침, 동생은 해가 중천에 걸릴 때까지 잠자리에서 일어날 생각을 하지 않았다. 부자는 두 눈을 부릅뜬 채 동생이 자는 방으로 뛰어들어가 소리쳤다.

"이 사람이 지금 뭘 하고 있나! 해가 뜬 지가 언젠데 아직 자고 있는 거야? 어서 일어나지 못해!"

시끄러운 소리에 잠이 깬 동생이 부스스 눈을 뜨며 말했다.

"나으리, 지금 저한테 화를 내고 계신 건가요?"

그 말에 부자는 퍼뜩 정신을 차리고 얼버무렸다.

"아, 아니야. 내, 내가 왜 화를 내. 나는 다만 해가 뜬 사실을 알려주러 온 것뿐이야."

"아, 벌써 해가 떴나요? 그럼 일을 나가야죠."

동생은 굼벵이처럼 늑장을 부리며 부엌으로 가서 천천히 먹을 것을 다 먹고 오랜 시간을 보낸 뒤 집을 나섰다. 부자는 그 모습을 지켜보면서 속이 끓었지만 화를 낼 수는 없는 노릇이었다.

"좀 빨리 걸을 수 없나? 젊은 사람이 왜 그리 걸음이 느린가?"

부자는 동생과 들판으로 걸어가면서 겉으로는 점잖게 말했다.

"밥을 너무 많이 먹었나봐요. 배가 불러 도저히 걸음을 빨리할 수 없어 그러니 이해해주세요."

부자는 또 속이 부글부글 끓었지만 꾹 참았다.

일터에 도착해서도 동생은 쟁기를 손질한다는 이유로 또 몇 시간을 보냈다. 그러다보니 점심을 먹을 시간이 되었다. 동생이 부자의 옆집 땅에서 일하고 있는 일꾼들에게 말했다.

"점심 먹고 합시다. 밥을 먹고 기운을 차려야 일도 열심히 할 수 있잖아요?"

"옳은 말이야. 우리 모두 점심 먹고 합시다."

일꾼들이 쟁기를 내려놓고 나무 그늘 밑에 둘러앉았다. 동생은 그들과 어울려 배불리 밥을 먹더니 그 자리에 쓰러져서 낮잠을 잤다. 그 모습을 본 부자가 한심스럽다는 듯 소리쳤다.

"이봐! 다른 집 일꾼들은 벌써 점심을 다 먹고 일을 시작했는데 우리 집 일은 아직 그대로잖아!"

동생이 느릿하게 몸을 일으키며 말했다.

"밥을 먹었더니 피곤해서 잠깐 눈 좀 붙였어요. 그런데 방금 전에 저한테 화를 내셨나요?"

"아, 아니야. 이제 조금만 있으면 날이 어두워질 테니 빨리 일을 마치고 돌아가자는 거야, 내 말은……."

동생은 일을 하는 둥 마는 둥 하다가 해가 지자 집으로 돌아왔다. 그가 집에 도착해보니 부자는 손님을 만나고 있는 중이었다. 부자가 동생을 보더니 말했다.

"자네는 지금 외양간으로 가서 손님에게 대접할 소를 잡아오도록 하게."

"예, 알겠습니다. 어떤 놈으로 잡아올까요?"

"빨리 대접을 해야 하니까 자네 앞으로 가까이 다가오는 놈을 잡게나."

동생은 칼을 들고 외양간으로 갔다. 그런데 한 시간이 지나도 동생이 돌아오지 않자 이상히 여긴 부자가 하인을 시켜 어찌 된 영문인지 알아오라 일렀다. 잠시 후, 허겁지겁 달려온 하인이 부자에게 말했다.

"큰일 났습니다. 지금 그 머슴이 소들을 모조리 죽이고 있습니다."

"뭐라고?"

부자는 깜짝 놀라 황급히 외양간으로 달려갔다. 부자가 외양간에 당도했을 때는 이미 거의 모든 소들이 피를 흘리며 죽어 있었다.

"이 멍청한 녀석아! 너 지금 뭐 하고 있는 거야?"

동생이 이해할 수 없다는 듯 고개를 갸우뚱하며 느릿하게 말했다.

"왜요? 뭐가 잘못됐나요? 전 나으리가 시키는 대로 했을 뿐인데요? 제 앞으로 가까이 다가오는 놈들을 잡으라고 하지 않으셨나요? 한 마리를 잡고 나니까 또 한 마리가 제 앞으로 다가오고, 그래서 또 잡고, 또 잡고……. 이제 몇 마리 안 남았으니 조금만 기다리세요."

그러면서 동생은 다시 칼을 휘둘러 앞으로 다가오는 소 한 마리의 목을 쳤다. 그러자 부자는 눈에 불을 켜며 고함을 질렀다.

"제발 그만둬! 이 멍청한 자식아!"

"나으리! 지금 제게 화를 내고 계신 건가요?"

부자는 얼굴이 붉으락푸르락했지만 화를 낸 사실을 인정할 수는 없었다. 2천 냥이 눈앞에 아른거렸기 때문이었다.

"아니야, 화는 무슨. 소를 잡느라고 힘들었을 테니 그만 돌아가 쉬게나."

동생은 매사를 이런 식으로 했다. 그렇게 한 달이 지나고 두 달이 되었다. 계약서에 명시된 뻐꾸기가 우는 봄이 될 때까지는 아직도 서너 달이 더 남아 있었다. 부자는 그때까지 동생을 데리고 있어야 한다는 생각을 하니 골이 쑤시고 온몸에 경련이 나서 견딜 수가 없었다. 결국 부자는 한 가지 꾀를 생각해냈다. 자기 부인을 숲으로 보내 나무 위에서 뻐꾸기 울음소리를 내게 할 요량이었다.

그리곤 동생을 불러 말했다.

"자네, 오늘은 들에 나가 일하지 말고 나하고 숲으로 사냥이나 가지?"

"예? 사냥이라고요? 그거 좋죠."

동생은 부자의 총과 사냥 도구를 챙겨들고 숲으로 갔다. 그런데 얼마쯤 가다보니 나무 위에서 뻐꾸기 소리가 들리는 것이었다.

"뻐꾹! 뻐꾹!"

그러자 부자가 동생에게 말했다.

"아니, 벌써 뻐꾸기가 우네. 자네 귀에도 저 소리가 들리나?"

"예, 그런데 왜 그러시죠?"

"이제 자네와 나 사이에 맺은 계약은 이것으로 끝이라네. 분명히 뻐꾸기가 울 때까지만 일을 한다고 했으니까 말이야."

그 말에 동생은 부자의 흉계를 알아채고 갑자기 총을 들어 나무 위를 겨냥했다.

"아니, 자네 지금 뭐 하는 거야?"

"저는 뻐꾸기가 겨울에도 운다는 소리를 들은 적이 없습니다. 그러니 저 새가 진짜 뻐꾸긴지 아닌지 한번 확인해봐야겠습니다."

동생은 곧 방아쇠를 당길 기세였다. 그러자 부자가 황급히 총구 앞을 가로막으며 말했다.

"이 미친 녀석아! 이젠 내 마누라까지 죽이려고 하느냐?"

"나으리! 지금 제게 화를 내고 계신 건가요?"

"그래, 화내고 있다! 내가 세상에 살다 살다 너 같은 놈은 처음 본다! 이 미친놈아!"

부자는 고래고래 소리를 지르며 동생에게 욕을 퍼부었다.

"그렇다면, 이제 약속하신 대로 이천 냥을 주셔야겠네요."

"알았다! 내 당장 줄 테니 내 앞에서 썩 꺼져버렷!"

결국 동생은 부자와 약속한 이천 냥을 받아 그 중 천 냥은 형의 빚을 갚는데 사용하고, 나머지 돈은 봇짐에 넣은 다음 콧노래를 부르며 자신의 집으로 향했다.

역경에 처하면 누구나 괴로워지기 마련. 그러나 사람은 그 가운데서도 새로운 희망의 빛을 발견하게 된다. 이와 반대로 뜻을 이루었을 때는 기쁨에 도취된다. 그러나 그 기쁨이 채 가시기도 전에 다시 슬픔이 닥치는 게 세상살이가 아닌가 싶다. 그러므로 실패했다고 해서 지나치게 낙심할 필요도 없고, 반대로 성공했다고 해서 너무 좋아할 필요도 없다. 사람의 앞일은 그 누구도 알 수 없기 때문이다. 내일 무슨 일이 일어날지, 아니 오늘 오후나 저녁에 무슨 일이 일어날지 정확하게 아는 사람은 아무도 없다. 단지 경험에 의해 혹은 약속이나 예정되어 있는 일만을 미리 아는 것뿐이고, 그것조차 제대로 이행되리라는 보장도 없다. 오르막길이 있으면 반드시 내리막길도 있다는, 그런 희망적인 마음을 가질 일이다.

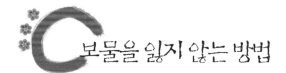

보물을 잃지 않는 방법

❀ **춘추시대 송나라 때** 자한이라는 매우 청렴한 사람이 있었다. 하루는 어떤 사람이 귀한 보석을 들고 자한을 찾아왔다.

"지난번에 제가 선생님께 큰 은혜를 입었습니다. 답례로 아주 귀한 보석 하나를 가져왔으니 받아주십시오."

그러나 자한은 보석을 받으려 하지 않았다. 그 사람이 재차 보석을 받아달라고 간청했지만 자한은 끝내 거절하면서 말했다.

"그대의 마음은 잘 알겠지만 나는 그 보석을 받을 수 없소. 나는 청렴한 마음을 보물로 여기고 있는 사람이오. 그리고 지금까지 그대는 그 보석을 보물로 여겨왔잖소? 그러니 내가 그것을 받지 않아야 우리 둘 다 보석을 잃지 않게 될 것 아니오."

전국시대 때 사람인 자산은 대부 자리에 있으면서도 청렴결백하기가 이를 데 없었다. 사람들이 이따금 그를 찾아와 벼슬자리를 부탁하는 일이 있었는데, 자산은 그때마다 따끔히 혼을 내거나 타일러 돌려보냈다.

하루는 자산의 집으로 점잖은 사내 하나가 찾아왔다. 자산은 사내를 정중히 맞이했다.

"오늘은 대부님의 의중을 듣고 싶어 이렇게 왔습니다. 일전에 제가 생선한 마리를 댁으로 보낸 일이 있는데, 기억나시는지요?"

사내의 말에 자산은 잠시 생각하더니 이내 고개를 끄덕였다.

"예, 기억이 나는군요. 그런데 왜 그러시는지요?"

"그때 제가 보내드린 생선을 왜 다시 돌려보내셨습니까?"

"그 생선을 받으면 제 마음이 편치 않을 것 같아 돌려보냈습니다."

"대부께서는 생선 요리를 싫어하십니까?"

"싫어하다니요. 제가 제일 좋아하는 음식이 생선 요리인걸요."

"허어, 그렇다면 제가 보내드린 생선을 되돌려보낸 까닭이 무엇인지 점점알 수가 없어지는군요."

사내가 고개를 갸우뚱거리자 자산이 빙긋이 웃으며 말했다.

"오해하지 마십시오. 저는 단지 그 생선을 받게 되면 음식을 먹지 못할 것같아 돌려보낸 것뿐이니까요."

"더욱 알 수 없는 말씀만 하시는군요."

"만약, 그때 제가 그 생선을 받았다면 지금까지도 양심에 걸려 아무 음식도 먹지 못하고 있을 것입니다."

"아니, 그까짓 생선 한 마리 때문에 양심에 걸리다니요? 전 무슨 말씀인지

도통 모르겠습니다."

"저는 원래 마음이 편치 않으면 아무리 맛있는 음식을 먹어도 소화가 안 된답니다. 더구나 그 생선을 받은 것이 잘못되어 제가 벼슬자리에서 물러나기라도 한다면 얼마나 불행한 일이겠습니까? 하지만 저는 보내주신 생선을 받지 않았기 때문에 지금도 마음 편히 맛있는 음식을 먹을 수 있고, 아직까지 벼슬자리에도 머물러 있는 것 아니겠습니까?"

사내는 마침내 뭔가 알겠다는 듯 조금 큰 소리로 말했다.

"아, 그렇다면 대부께서는 제가 보내드린 생선 한 마리를 뇌물로 여기셨던 거군요?"

"이런 말이 있지요. 남의 외밭에 들어갔을 때는 신발 끈을 고쳐매지 말고, 남의 자두나무 밭에 들어갔을 때는 갓끈을 고쳐매지 말라는. 그래서 보내주신 생선이 먹음직스럽게는 생겼지만 오해가 두려워 돌려보낸 것입니다."

"그러셨군요."

사내는 그제야 의문이 풀렸다는 듯 고개를 끄덕였다.

"성의를 무시한 것 같아 죄송합니다. 하지만 나라의 녹을 먹는 자라면 생선 한 마리가 아니라 생선 비늘 한 개라도 받아서는 안 되지요. 쓸데없이 오해를 사서 일도 하지 못하고 전전긍긍하는 사람을 저는 많이 봐왔습니다."

자산의 말에 크게 감동한 사내가 밖으로 나서면서 중얼거렸다.

"이 나라 관리들이 모두 자산같이 청렴한 마음만 가지고 있다면 천하 통일은 바로 눈앞의 일일 텐데……."

후한시대, 양진이라는 사람은 학문이 깊을 뿐만 아니라 마음이 깨끗한 인물로 유명했다. 그가 산동성의 동래 태수로 있을 당시 행차를 나섰다가 날이 저물어 창읍이라는 고장에서 하루를 머물게 되었는데, 그날 밤 창읍의 현령으로 있는 왕밀이 몰래 양진을 찾아왔다. 왕밀은 예전에 양진의 추천으로 벼슬에 오른 사람이었다.

"태수님, 정말 반갑습니다. 제가 지난날 태수님의 은혜로 오늘날 이같은 벼슬자리에 오르게 되었으니 그 은혜를 어떻게 갚아야 할지 모르겠습니다."

왕밀은 품에서 보자기를 꺼내 양진에게 슬며시 디밀었다.

"이게 뭔가?"

양진이 점잖게 물었다.

"예전에 베풀어주신 은혜를 조금이라고 갚기 위해 제가 준비한 황금 열 근입니다."

그러자 양진은 버럭 화를 내며 소리쳤다.

"이 사람아! 이게 무슨 짓인가? 내가 이런 것을 받으려고 자네를 추천한 줄 아는가?"

"태수님 성격이 강직하다는 것은 세상이 다 아는 사실입니다. 하지만 이것은 뇌물이 아니고 제 성의이니 부디 받아주십시오."

왕밀은 사정하다시피 머리를 조아리며 양진에게 황금을 건네려고 했다. 하지만 양진은 더욱 화를 냈다.

"허어, 이 사람이 그래도……. 내 성격을 잘 안다는 사람이 왜 이렇게 사람을 귀찮게 하는가?"

"태수님, 지금은 한밤중입니다. 그리고 저와 태수님 단둘밖에 없으니 누가 이 사실을 알겠습니까?"

그러자 양진이 왕밀을 딱하다는 듯 쳐다보며 말했다.

"자네, 참 딱한 사람이로구먼. 어찌 그리 생각이 좁은가?"

"무슨 말씀이십니까?"

"아무도 모른다는 말은 당치 않은 말일세. 하늘이 알고 땅이 알고, 또한 자네와 내가 알고 있는 사실인데 어찌 자네는 아무도 모른다고 말하는가?"

링컨의 청렴함도 뭇사람들의 귀감이 될 만하다. 예나 지금이나 선거에는 돈이 따르기 마련. 링컨이 처음으로 주의회 의원에 입후보했을 때의 일이다. 그는 자신이 소속된 휘그당으로부터 2백 달러의 선거 보조금을 받았다. 유세가 치러지는 동안 그는 이 돈을 거의 쓰지 않았다. 여러 지방에 다니면서도 자신의 말을 타고 다녔고, 그가 머무는 지방의 유지들이 숙식을 제공해주었기 때문에 따로 돈이 들어갈 일이 없었다.

선거 결과, 그는 당당히 당선되었고, 선거 자금으로 쓰고 남은 1백99달러 25센트 전액을 당에 반납했다. 당원 한 사람이 75센트는 어디에 썼냐고 묻자 링컨은 미소 띤 표정으로 조용히 말했다.

"어느 지방에 갔더니 어린 소년이 땀을 뻘뻘 흘리며 음료수를 팔고 있었는데, 내게 다가와 음료수 한 병만 팔아달라고 하더군. 그래서 하도 보기가 딱해 소년의 청을 들어주었지. 75센트는 그 음료수 값을 지불하는 데 썼소."

잠롱은 태국에서 처음으로 실시된 지방자치단체장 선거에 당선되어 1992년까지 방콕시장을 역임한 인물이다. 그는 청렴한 공직생활을 하여 '나이시얀'이라는 별명까지 얻었는데, 이는 태국 말로 '깨끗한 남자'라는 뜻이다.

당시 시장 선거를 치를 때만 해도 후보자로 나서려면 엄청난 선거비가 필요했다. 후보자 벽보를 붙이는 데만도 1백만 바트가 들 정도였다. 그러나 그는 시장 선거를 치르면서 오직 후보자 등록비 5천 바트와 벽보 제작비 1천 바트만을 썼다. 그렇게 적은 돈을 쓰고도 그는 역대 선거 가운데 가장 많은 48만 표를 획득하면서 당당히 당선됐다.

재직 중에도 그는 집 한 칸 없이 폐품 창고를 개조해 생활했다. 더구나 그는 월급 전액을 자선단체에 보내고, 부인이 국수 가게를 하며 번 돈으로 생활비를 충당했다. 또한 시장직에서 물러나면서 약 40억 바트(약 1천2백억 원)나 되는 거금을 방콕시에 남겨주었다.

늘 무명 저고리 같은 옷을 입고 생활한 그는 외교사절을 만날 때도 별다른 예복을 갖추어 입지 않았다. 태국의 내무부장관은 외교사절에 대한 결례라고 주장했지만 그는 오히려 명예훼손이라며 장관을 나무랐다. 순박한 태국 농민들의 복장을 애용하고 있을 뿐인데, 그것이 어째서 결례가 되느냐는 것이 그의 주장이었다. 그는 지금도 '세계의 청백리'로 불리고 있다.

『세설신어』에 아도물(阿堵物)이라는 말이 나온다. 위진시대 청담사상의 중심인물이었던 왕이보(왕연)라는 사람은 세속적인 것을 멀리하는 성격이었으나 그의 아내는 탐욕스럽기 이를 데 없는 여자였다. 하루는 그의 아내가 과연 남편이 돈을 싫어하는지 알아보려고 남편이 자는 사이 하인을 시켜 그의 침대 주위를 온통 돈으로 담쌓게 했다. 왕이보가 깨어나보니 돈으로 길이 막혀 침대에서 빠져나갈 수가 없었다. 그는 하인을 불러 말했다. "어서 이 물건들을 치워라(擧却阿堵物)." 얼마나 돈을 싫어했는지 끝까지 돈이라는 말을 쓰지 않고 '물건'이라고 칭했다는 것이다. 이때부터 아도물은 돈을 지칭하는 말로 쓰이게 되었다고 한다. 아무리 돈과 정치는 불가결한 관계에 있다고 해도 그것은 아전인수에 지나지 않는다. 세상만사는 오로지 자기 마음먹기에 달려 있다. 예부터 청렴한 선비들은, 돈을 많이 가진 사람은 '동취(銅臭)'가 난다고 해서 멸시했으며, 아무리 목이 말라도 '도천(盜川)'이라는 이름을 가진 시냇물은 이름만으로도 더러우니 마시지 않았다고 한다. 우리도 이 시대에 청렴한 정치인 한 명만이라도 가졌으면 얼마나 좋을까 싶다.

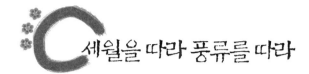

세월을 따라 풍류를 따라

산중의 밤은 훨씬 빠르게 찾아오는 법. 며칠을 굶은 채 산중을 지나던 김삿갓은 어둠이 밀려오자 발걸음을 더욱 재촉했다. 이처럼 깊은 산중에 무슨 인가가 있겠냐 싶어 어서 산등성을 넘어 마을을 찾아야겠다는 생각이었다. 그런데 산등성을 넘어서자마자 뜻밖에도 저 앞발치에 인가로 보이는 희미한 형체가 눈에 들어오는 게 아닌가. 서둘러 다가가보니 다 쓰러져가는 오두막이었다.

'이런 움막 같은 곳에 사람이 살고 있을까?'

내리 사흘을 굶은 탓에 먹을 것이 절실한 김삿갓이었지만 그 집은 그다지 반갑지 않았다. 아무도 살지 않는 폐가에 먹을거리가 남아 있을 리 없기 때문이었다. 김삿갓은 발길을 돌릴까 하다가 그래도 사람이 머물렀을 집인데 음식 부스러기라도 남아 있지 않을까 싶어 안으로 들어가보았다. 그런데 뜻밖에도 안에는 노부부가 기거하고 있었다. 김삿갓은 우선 정중하게 예를 갖추었다.

"지나가던 과객인데 밤이 깊어 하룻밤 신세 좀 질까 합니다만, 괜찮으신지요?"

노부부는 싫은 내색 하나 없이 김삿갓을 반갑게 맞이했다.

"어쩌다가 이 시간에 이렇게 깊은 산중을 지나게 되었는지 모르겠지만, 인가를 만나려면 한참을 내려가야 할 터이니 오늘은 여기서 머무시게."

알고 보니 노부부는 팔순을 훨씬 넘긴 나이였는데도 정정한 것은 말할 것도 없고 얼굴에 근심 하나 깃들이지 않은 맑은 표정이었다.

"여보, 마누라. 어서 상을 차리시오."

노인이 이르자 노인의 부인은 다소곳이 대답하고는 부엌으로 나갔다.

"이 산골에서 사신 지 오래되셨나봅니다."

방 안을 둘러본 김삿갓이 말을 건넸다. 세간붙이들이 새것이라곤 찾아볼 수 없고 한결같이 세월의 깊이가 묻어 있었기 때문이다. 인적이라고는 찾아볼 수 없는 깊은 산중에 노부부 단둘이 살고 있다는 게 신기하기도 했다.

"코흘리개 적부터 여길 떠나본 적이 없으니, 글쎄 얼마가 됐는가……."

김삿갓은 놀라운 나머지 자기도 모르게 눈을 크게 떴다. 여느 사람 같으면 갑갑해서 단 한 달도 버티지 못할 것 같은 이 산골에서 수십 년을 살아왔다는 말인가. 노인은 말끝을 흐리면서 입가에 잔잔한 미소를 머금었다.

"그렇다면 평생을 이 산중에서 두 분이서만 사셨단 말씀인가요?"

"음, 한때는 여기도 마을을 이루었던 적이 있었지. 한 스무 채 정도 어깨를 나란히 하고 살았었는데, 하나 둘 도회지로 빠져나가더니 한 십 년 전부터는 모두들 떠나고 우리 둘만 남았다오."

노인은 감회에 젖은 듯 잠시 눈을 감고 있었다.

"슬하에 자제분을 두지 않으셨는지요?"

"아이들도 있지. 그런데 애들은 다 산을 내려가 제 길을 찾아갔다네."

그때 노파가 밥상을 들고 들어왔다. 김삿갓이 차려진 상을 보니 쌀은 단 한 톨도 섞이지 않은 순 보리밥에 삶은 감자, 옥수수, 간장 종지가 놓여 있었다.

"찬은 없지만 많이 드시구려."

"별말씀을요. 제겐 진수성찬입니다."

정말 그랬다. 시장이 반찬이라고, 며칠 동안 밥 냄새도 맡지 못한 김삿갓에겐 진수성찬이 따로 없었다. 우선 감자를 한 입 베어무니 입 안을 휘도는 고소한 맛이 그처럼 그윽할 수가 없었다. 어지간히 배를 채운 김삿갓이 다시 말을 꺼냈다.

"자제분들이 모두 떠났으니 집에는 젊은이가 없을 텐데, 영감님께서는 어떻게 생활을 꾸려가시나요?"

"허허, 두 늙은이가 먹으면 얼마나 먹는다구. 먹고사는 데는 큰 불편이 없다오."

"그래도 드실 곡식을 마련하시려면 농사도 지어야 하고, 농사일은 연세가 있어서 힘드실 텐데요?"

김삿갓은 자못 그 점이 걱정되었다. 팔순을 넘긴 두 노인이 곡식을 경작하기란 쉬운 일이 아니기 때문이었다. 하지만 노인은 아무렇지도 않은 표정이었다.

"경작이랄 게 뭐 있나? 봄에 보리하고 감자, 호박 이런 것 몇 가지만 심어 놓으면 저희들이 알아서 자라고, 그러면 한 해 먹을 걱정은 덜어놓는걸."

"그래도 일 년 내내 보리밥에 찐 감자만 드시면서 살 수는 없지 않습니까?"

"그렇지. 아직은 사람 몸뚱이를 가졌으니 그것만 먹고살 수야 없지."

"다른 농사도 짓지 않는데 먹을거리가 또 있습니까?"

설마 노부부가 밤마다 도둑질을 나서는 것은 아닐 테고, 그렇다면 농사를 지어 거둬들인 것 말고는 다른 먹을거리가 없을 터였기에 김삿갓은 그 점이 궁금했다.

"허허, 산짐승이나 들짐승이 농사를 짓지 않는다고 해서 굶어죽는 것 보셨는가? 세상에 사는 모든 동물들은 농사를 짓지 않아도 잘 살아가고 있지. 그게 이 자연의 섭리가 아니겠소? 허허허."

노인은 마치 삶을 통달한 사람처럼 나직하게 말하고는 너털웃음을 쳤다.

"그렇지만 사람이 풀만 먹고는 살 수 없는 일이고, 또 그 연세에 사냥을 해서 고기를 드실 수도 없는 일이지 않습니까?"

노인은 다시 사람 좋아뵈는 웃음을 보인 다음 말을 이었다.

"허허, 선생이 이 늙은이 걱정을 많이 해주시는구려. 하지만 선생이 생각하는 것보다 이 산중에는 먹을 것이 많다오. 철이 바뀔 때마다 냉이며 달래, 고사리, 두릅 같은 푸성귀도 많고 앵두, 복숭아, 딸기, 밤, 잣, 도토리 같은 과실도 풍성하다오."

김삿갓은 그 말을 듣는 순간 뭔가가 강하게 뇌리를 스쳐가면서 정신이 번쩍 들었다.

'아, 그렇지! 내가 왜 미처 그 생각을 못했을까……'

김삿갓이 보기엔 이 노인이 바로 도인이었다. 아옹다옹 싸우고 부대끼며 인간세상에서 살아가는 대부분의 사람들은 자연의 그 오묘한 진리를 알 수 없다. 남보다 편하게 살려고 버둥대고, 권세를 쥐려고 욕심을 부리는 사람들은 억겁이 흘러도 노인의 말을 이해하지 못할 것이었다.

이튿날 아침, 김삿갓은 노인의 집을 떠나면서 진심으로 우러나는 존경심에 몇 번이고 절을 한 뒤 발길을 돌렸다. 오랜만에 사람다운 사람이 사는 집에서 하룻밤을 보낸 탓인지 발걸음이 한결 가벼웠다. 얼마나 걸었을까. 산중턱쯤에 이르자 저만치에서 웬 농부가 걸어오고 있었다. 가만히 살펴보니 농부는 혼자가 아니었다. 늙수그레한 말 한 마리를 끌고 있었는데 어찌 된 영문인지 무거워뵈는 지게는 자기가 짊어지고 말의 등에는 아무것도 싣지를 않았다. 뭔가 잘못되었다싶어 김삿갓이 물어보았다.

"지게가 무거워뵈는데 말 등에 싣고 갈 일이지 왜 힘들게 지게질을 하며 가시오?"

농부는 빙긋이 웃으며 대답했다.

"예, 이 녀석은 오늘 하루 종일 일을 너무 많이 해서 힘이 들 겁니다. 그래서 좀 쉬게 해주려고 제가 지게를 진 것이지요."

김삿갓은 농부의 말이 얼른 이해되지 않았다. 아무리 힘든 일을 했어도 사람이 더 힘들지 말이 더 힘들 리는 없기 때문이었다. 그래서 다시 물었다.

"말은 사람보다 수십 배나 더 힘이 센 동물이라오. 그러니 아무리 말이 힘든 일을 했다 하더라도 사람보다는 아직 덜 지쳤을 것이오. 노형이 뭔가 잘못 생각하고 있는 게 아니오?"

그러자 농부는 여전히 웃는 낯으로 대답했다.

"말이 사람보다 힘이 세다는 것은 저도 잘 알고 있습니다. 하지만 이 말은 너무 늙어서 젊은 말처럼 힘을 쓰지 못한답니다. 그건 제가 오랫동안 옆에서 보아온 터라 잘 압니다."

"허어, 늙어서 일을 제대로 할 수 없는 말이라면 내다 팔든가 없애버릴 일이지 왜 이리 끌고 다니시오?"

"그럴 수도 있습니다만, 저는 이 말한테만은 그럴 수가 없습니다. 제 할아버지 때부터 저와 함께 살아온 말입니다. 그동안 우리 집안 농사를 도맡아서 해왔고요. 그렇기 때문에 저는 이 말이 저희 집안에 끼친 은공을 잘 알고 있지요."

김삿갓은 그 말을 듣자 다시 정신이 번쩍 들었다. 한낱 집에서 기르는 말 따위에게 은공이라니. 이건 보통 사람의 입에서 나올 법한 소리가 아니었다. 혹시 절에서 도를 닦다가 출가한 스님이 아닐까 하는 생각이 언뜻 스쳤다. 그래서 얼른 예를 갖춰 물었다.

"혹시 불가에 몸을 담으신 적이 있으셨나요?"

그러자 농부는 무슨 황송한 말이냐는 표정으로 두 손까지 휘휘 내저으며 말했다.

"아, 아닙니다. 제가 어떻게 그런……. 저는 그저 태어나면서부터 지금까지 줄곧 이 산중에서 밭을 가는 농부로만 살아왔습니다."

그렇다면 더욱 놀라운 일이었다. 농부는 그야말로 시골 촌뜨기였다. 그런데도 그는 최소한 절에서 10년 정도는 도를 닦아야 터득할 만한 경지에 올라 있었다. 불자도 아니면서 부처와 같은 마음을 지니고 있으니 그는 다른 것은 몰라도 분명 지혜로운 사람임에는 틀림없었다. 부처는 자비를 가장 큰 덕목으로 여겨온 성인이었다. 한데 이 농부 또한 하찮은 짐승에게까지 자비를 베풀고 있으니 어찌 부처와 같은 마음을 지녔다고 말하지 않을 수 있겠는가.

김삿갓은 농부를 통해 새삼스레 자신이 걸어온 길을 더듬어보게 되었다.

'나는 과연 누구에게 어떤 자비를 베풀며 살아왔는가.'

농부와 헤어지고 난 뒤에도 김삿갓은 그런 상념이 머리를 떠나지 않았다.

김삿갓은 산골 노인의 말대로 한나절을 꼬박 걸어서야 마을을 찾을 수 있었다. 하루 해가 뉘엿뉘엿 기울자 그는 다시 하룻밤 머물 곳을 찾아나섰다.

산에서 내려와 마을로 들어선 김삿갓은 다짜고짜 멀리서도 눈에 띄는 큰 기와집으로 걸어갔다. 가까이 다가가서 보니 얼마나 집이 넓은지 이어진 담의 끝이 안 보일 정도였다.

"이리 오너라!"

비록 떠도는 몸이었으나 풍류객임을 자처하는 김삿갓은 아무에게나 몸을 굽히지 않고 늘 이런 식으로 사람들을 대면해오던 터였다. 조금 있자 하인 하나가 쪼르르 달려나왔다. 하인은 김삿갓의 초라한 행색을 일별하더니 금세 태도를 바꿔 하대하듯 말했다.

"거지 주제에 공손하게 밥이나 한술 달래서 가져갈 일이지 건방지게 양반 흉내는……."

그러자 김삿갓은 짐짓 근엄한 말투로 하인을 꾸짖었다.

"허어, 하인 주제에 말이 거칠구나. 어서 가서 주인어른을 모셔오너라."

하인은 기가 막힌지 말까지 더듬대며 낯을 붉혔다.

"이, 이런. 거지 같은 놈이 어디서 감히 우리 주인어른을 나오라 마라 호령이냐? 이 댁이 어떤 댁인 줄 알기나 하느냐?"

김삿갓은 예의 없이 구는 하인과 말싸움을 하고 싶지 않으나 짐짓 궁금하다는 듯 물었다.

"그래, 이 댁이 어떤 댁이냐?"

"이 댁은 대대로 십육 대째 살아오고 있는 뼈대 깊은 가문이다. 당신처럼 근본도 없는 거지가 넘나들 집이 아니란 말이야."

이번에도 김삿갓은 근엄하게 목청을 다듬고 다시 물었다.

"그렇다면 그 십육 대가 지금 이 집에 다 살고 계시느냐?"

"이런 미친놈 봤나? 그야 윗분들은 벌써 돌아가셨지, 그걸 말이라고 지껄

이느냐?"

김삿갓이 미소를 지으며 말했다.

"허허, 그렇겠지. 그렇다면 이 댁 주인이나 나나 이 세상에서 잠시 머물다 갈 나그네가 아니더냐? 나그네가 나그네 집에서 하룻밤 묵어가기를 청하기로서니 그게 무슨 대단한 일이라고 그리 빡빡하게 구느냐? 어서 가서 주인 어른을 모셔오지 못할까!"

그때 뒤에서 이들의 대화를 듣고 있던 주인이 하인을 물리치며 앞으로 나섰다.

"삿갓 양반 말씀이 옳소이다. 어서 안으로 들어오시오. 우리 집 하인이 무례를 범했구려. 허허허."

인생에 대한 철학을 아는 주인을 만난 덕에 김삿갓은 또 하룻밤을 무사히 넘길 수 있었다.

우주의 티끌 같은 존재에 불과한 사람이건만 많은 이들은 대자연의 섭리를 잊은 채 살아가고 있다. 자연이 주는 은혜는 생각하지 못하고 자연의 재앙이 닥치면 불평만 늘어놓는다. 사람은 어리석게도 항상 자연을 이기려고 대든다. 그대로 존재하는 자연과 더불어 사는 것이 삶의 지혜이건만, 자연을 이용한다는 미명 하에 끊임없이 자연을 시험하면서, 그것을 과학이라는 그럴듯한 포장지로 감싸기에 여념이 없다.

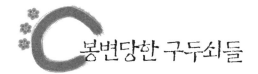

봉변당한 구두쇠들

🌸 경상도 어느 지방을 지나던 김삿갓은 그

마을에 지독한 노랑이 영감이 살고 있다는 소문을 들었다. 그 영감은 열서너
살부터 장사를 시작해 수십 년 동안 제대로 먹지도 입지도 않고 오로지 모으
기만 해서 거부가 된 사람이었다. 목숨과 돈 중에 하나만 택하라고 한다면
서슴없이 돈을 거머쥘 위인이었다. 물론 농담으로 떠도는 말이겠지만, 누가
영감의 이마에 못을 박아넣는다면 아프다는 말 대신 "오, 쇠붙이를 얻게 됐
으니 이게 웬 횡재냐!" 하며 오히려 좋아할 사람이라고 알려져 있었다. 아무
리 돈이 좋기로서니 자기 목숨이 끊어질지도 모르는 상황에서 그런 말을 한
다는 걸 보면 그 영감이 얼마나 지독한 구두쇠인지는 짐작이 가고도 남을 일
이었다.

하루는 그 구두쇠 영감이 볼일이 있어 강 건너 마을로 가게 되었다. 그래
서 김삿갓은 일찌감치 나루터로 나가 영감을 기다렸다. 그런데 어찌 된 일인

지 사람들이 모두 배에 오르고 배가 떠날 무렵이 되었는데도 구두쇠 영감의 모습이 보이지 않는 게 아닌가. 무슨 일이 생겨 외출을 하지 않은 모양이라 생각하고 돌아가려다가 혹시나 해서 배를 타려고 허둥지둥 뛰어오는 청년 하나를 붙잡고 물어보았다.

"이보게, 젊은이. 혹시 저 배에 구두쇠 영감님이 타셨는가?"

청년은 배 안을 한번 휘 돌아보더니 손가락으로 가리키며 일러주었다.

"예, 저기 다 떨어진 갓을 쓰고 있는 노인이 바로 구두쇠 영감입니다."

김삿갓이 배 안을 바라보니 과연 거지 행색이나 다름없는 한 노인이 한쪽 구석에 구겨진 종이처럼 추레하게 앉아 있었다. 영감의 행색은 말 그대로 거지꼴이었다. 김삿갓 자신도 입성이 거지와 다를 바 없었으나, 그보다도 영감이 더하면 더했지 나은 게 없었다. 아무리 구두쇠라고 해도 명색이 거부라는 사람의 입성이 저토록 허름할 줄은 상상도 못한 일이었다.

김삿갓은 서둘러 배에 올라 영감 옆에 앉았다. 이윽고 천천히 배가 출발하여 나루터를 벗어나자 김삿갓은 슬며시 영감에게 말을 붙였다.

"영감님, 어디 가시는 길입니까?"

영감은 김삿갓을 한번 슬쩍 쳐다보더니 "강 건너"라고 짧게 대답하고는 고개를 휙 돌려버렸다.

"강 건너에 무슨 볼일이 있으신가요?"

그러나 한참을 기다려도 영감은 입을 열지 않았다. 하도 대답이 없기에 몇 차례 더 말을 던졌지만 영감은 갑자기 벙어리라도 된 것처럼 도무지 입을 열려고 하지 않았다. 그러자 옆에 있던 사내가 딱하다는 듯 혀를 차며 김삿갓에게 일러주었다.

"쯧쯧, 헛고생이오. 저 영감님은 이제 한 마디도 안 할 테니 말이오."

"아니, 그게 무슨 말입니까?"

"말을 하면 힘이 들잖소? 그러면 배도 쉬 꺼질 테고 이제 무슨 말인지 알아듣겠소?"

김삿갓은 그제야 영감이 입을 다물고 있는 이유를 알고는 혀를 내둘렀다. 쓸데없는 데 기운을 쓰지 않겠다는 뜻이었다. 세상에 그런 노랑이가 있다는 말을 들어본 적은 있었으나, 그저 웃어보자고 지어낸 소리인 줄 알았는데 정말 그런 사람이 있었던 것이다.

할 수 없이 나중에 다시 기회를 잡아 말을 붙여볼 심산으로 그냥 있었는데 목적지에 거의 당도할 무렵, 그예 사건 하나가 터지고 말았다. 종내 꿈쩍하지 않고 돌부처럼 앉아 있던 구두쇠 영감이 발이 저리기라도 했는지 자리를 옮기려고 몸을 들썩였던 것이다. 그 바람에 배가 기우뚱했는데 그만 영감이 물에 빠지고 말았다. 영감은 헤엄을 못 치는지 물 밖으로 간신히 목만 내민 채 두 팔을 허우적거렸다. 하지만 영감을 구하려고 뛰어드는 이는 아무도 없었다. 그도 그럴 것이 영감은 그 상황에서도 이렇게 외치고 있었기 때문이었다.

"나를 건져줘도 사례금은 한 푼도 못 준다. 그런 줄 알고 나 좀 살려주오. 아이고, 사람 죽네……."

노랑이 영감의 비명을 뒤로한 채 김삿갓은 배에서 내려 다시 방랑길에 접어들었다. 다른 사람들도 마찬가지였다. 강변에서 얼마 떨어지지 않은 지점이라 그저 사람 한 길 조금 넘는 물속이니 설마 목숨이야 어떻게 되겠느냐는 생각 때문이었다.

이튿날도 김삿갓은 경상도 어느 마을을 지나고 있었는데, 그곳에도 지독한 노랑이가 살고 있다는 소문이 들렸다. 그런데 그 노랑이는 유별나게도 꼽추였다. 윤씨 성을 가진 그 꼽추는 사람들에게 어찌나 야박하게 굴었는지 장가를 든 뒤였음에도 사람들은 어른 대접을 해주지 않고 "윤꼽추, 윤꼽추" 하며 놀려댔다.

그의 집에는 곳간마다 쌀가마니가 그득했지만 어쩌다 밥상에 생선 한 마리라도 놓이는 날에는 벼락이 떨어졌다.

"내가 어디 병이라도 났소? 이렇게 쌩쌩한데 왜 생선을 먹으라는 거요?"

그 말은 곧 다른 식구들도 비린내 나는 음식일랑은 아예 먹을 엄두도 내지 말라는 으름장이나 마찬가지였다. 그래서 시집온 지 얼마 되지도 않은 그의 아내는 고기 한 점은커녕 새우젓 국물 한 숟가락도 떠먹어보지 못해 날로 야위어만 갔다. 그것을 보다 못한 장인이 자신의 딸을 생각해 조기 한 두름을 보내왔다. 그러나 아무리 장인이 보내온 조기라 해도 그것을 고스란히 아내 입에 넣어줄 윤꼽추가 아니었다. 그는 마치 어느 옛이야기에 나오는 노랑이처럼 조기 두름을 벽에 걸어놓고 밥 한 술 떠먹고 나서 한 번 쳐다보는 것으로 반찬을 대신했다. 어쩌다 아내가 두 번이라도 쳐다보는 날에는 간이 싱거워진다며 딱 한 번씩만 쳐다보라고 호통을 쳤다.

그것뿐만이 아니었다. 윤꼽추는 해가 떨어지기 무섭게 이부자리를 폈다. 기름이 아까워 일찌감치 자리에 들었던 것이다. 이부자리에 들어서는 아내를 한번 안아보지도 않은 채 무슨 원수지간이라도 되는 것처럼 등을 졌다. 금톨 같은 쌀밥을 먹고 왜 쓸데없는 데 힘을 쓰냐는 것이었다.

이쯤 되니 아무리 이해심 많고 얌전한 부인이라도 견뎌내기 힘든 노릇이었다. 먹는 것을 마음대로 먹나, 그렇다고 알콩달콩한 재미가 있길 하나, 무엇 하나 희망을 갖고 살아갈 만한 것이 없어지자 참고 참던 아내는 마침내 동네에 들르곤 하던 봇짐장수와 눈이 맞아 야반도주를 해버리고 말았다. 그러자 윤꼽추는 도망간 제 아내를 보고 천하에 몹쓸 화냥년이라며 길길이 날뛰었다.

윤꼽추에 대한 이러한 내력을 전해듣고 그냥 지나칠 김삿갓이 아니었다. 다른 것은 몰라도 제 아내를 그런 식으로 매도하는 것은 사람의 탈을 쓰고는 할 짓이 아니었다. 아닌 말로, 꼽추 주제에 멀쩡한 색시를 얻었다는 사실만으로도 매일 아내를 업고 다녀도 시원찮을 판인데, 오히려 아내에게 온갖 구박을 퍼붓고, 종내는 그것을 견디지 못해 집을 나간 제 아내를 화냥년으로 몰아붙이는 것은 도저히 그냥 넘길 수 없는 일이었다. 그래서 김삿갓은 윤꼽추를 혼벼락낼 요량으로 묘안을 짜내었다.

일이 꾸며지자 김삿갓은 곧바로 행동에 들어갔다. 우선 윤꼽추가 잘 다니는 길목에 서 있다가 그가 나타나자 혀를 끌끌 찼다. 윤꼽추는 웬 낯선 사람이 자기를 보고 혀를 차자 몹시 불쾌하게 여겨 걸음을 멈추고는 대뜸 김삿갓에게 쏘아붙였다.

"뉘신데, 가만히 지나가는 사람 뒤통수에 대고 혀를 차는 것이오?"

김삿갓은 걸려들었구나 싶어 준비해둔 말을 읊었다.

"나쁜 뜻으로 그런 것은 아니니 오해 마시오. 단지 댁이 너무나도 아깝다는 생각이 들어 나도 모르게 절로 그런 행동이 나온 것이니 이해하시구려."

"아깝다니 뭐가 아깝다는 말이오?"

"댁의 얼굴을 보니 만 명 중에 하나 있을까 말까 한 관상인데, 앞으로 천하를 호령할 상이올시다. 그런데……"

그 말을 들은 윤꼽추는 귀가 번쩍 뜨였다. 만 명에 하나 나오는 관상에다 천하를 호령할 상이라니 솔깃하지 않을 사람이 어디 있겠는가. 하지만 '그런데……' 하며 뒤끝을 흐린 것이 영 께름칙하였다.

153

윤꼽추는 금세 표정을 누그러뜨리며 김삿갓에게 물었다.

"이 근처에 사시는 분은 아닌 것 같은데, 어디 사시는 뉘신지요?"

애초 생각했던 순서대로 일이 척척 들어맞아가는 터라 김삿갓은 속으로 쾌재를 부르며 준비한 대답을 풀어놓았다.

"나는 한양에 사는 의원인데, 이 근처 산에 희귀한 약초가 있다고 해서 구하러 가는 중이었소."

김삿갓은 짐짓 사방을 둘러보며 진지한 표정을 지었다. 그런 다음 윤꼽추를 홀리기 위해 없는 말을 꾸며 늘어놓았다.

"나는 지금껏 영의정을 지내신 홍대감과 좌의정이셨던 황대감, 지금 우의정으로 계시는 박대감 등 여러 어른들의 집을 드나들며 병환을 치료해드렸소이다. 그러면서 나는 그분들의 관상을 유심히 살펴보았는데, 댁이 바로 그분들처럼 비범한 관상을 가지고 있다 이 말이오. 하나, 단 한 가지……."

김삿갓은 일부러 또 말끝을 흐렸다. 이쯤 되면 윤꼽추도 무슨 뜻인지 알아차릴 수 있을 터였다. 아닌 게 아니라 바로 윤꼽추의 입에서 답이 튀어나왔다.

"내 등 때문에 지장이 있다 이런 말씀이신지요?"

"역시 비범한 분이라 척하면 척이시군요."

"뭐, 그 정도를 가지고……. 그나저나 훌륭한 의원이신 듯한데 내 몸도 바로 고칠 수 있으신지요?"

이제 윤꼽추는 김삿갓보다 한 발 앞서가는 처지가 되어 있었다. 김삿갓이 던진 미끼를 덥석 문 셈이었다. 이제 윤꼽추는 김삿갓의 손아귀에 들어온 것이다.

"고칠 수 있다마다요. 하나, 시간이 좀 걸리는 일이라……."

그러자 윤꼽추는 또 말끝을 흐리는 김삿갓 앞에 털썩 주저앉았다.

"그럼 저희 집에서 기거하시면서 제 병 좀 고쳐주십시오. 이렇게 간청합니다."

흡사 김삿갓의 가랑이 사이로라도 기어들어갈 것처럼 윤꼽추는 그의 가랑이를 잡고 늘어졌다.

마지 못해 끌려가는 척하며 윤꼽추의 집으로 들어간 김삿갓은 며칠을 기거하며 본격적으로 그를 골탕 먹이기 시작했다. 김삿갓은 윤꼽추에게 매일 닭이며 염소, 심지어는 황소까지 잡도록 한 다음 그 피를 마시게 했다. 우선 기를 돋워야 하기 때문에 동물의 신선한 피를 매일 먹어야 한다고 설명해주니, 영의정 자리가 눈앞에 보이는 듯 단단히 홀려 있던 윤꼽추는 군말 없이 김삿갓의 처방에 따랐다. 그러나 생선 한 마리도 아까워 벌벌 떨던 윤꼽추는 매일 염소며 소, 닭, 개 따위가 한 마리씩 사라지는 것을 보자 속이 뒤집어질 지경이었다. 그래도 병을 고치기만 한다면야 그런 것쯤은 문제도 아니라는 생각으로 애써 쓰린 가슴을 달랬다. 김삿갓은 매일 잡은 동물들의 고기는 마을 사람들에게 나눠주어 그들이 배불리 먹게 하였다.

그렇게 달포쯤 지나자, 초조해진 윤꼽추가 김삿갓의 눈치를 살피며 넌지시 말을 꺼냈다. 침 한 대 놓아주지 않고 그저 허구한 날 동물의 생피만 마시라고 하니 그것도 못 참을 노릇이었다.

"저, 의원님. 이제 이만하면 어지간히 원기가 들어찼을 법한데 치료를 그만 받아도 되지 않을까요?"

그제야 김삿갓은 고개를 끄덕거리며 윤꼽추의 팔을 끌어다가 진맥을 보는 시늉을 했다.

"음, 이만하면 몸은 만들어졌으니 이제 본격적으로 치료를 해도 되겠소.

먼저 떡판과 떡메를 가져오라고 하시오."

기다리고 기다리던 치료를 해준다고 하니 윤꼽추는 기쁘기 한량없었다. 다만 치료를 하는데 웬 떡판과 떡메가 필요한지 내심 궁금했으나 치료를 받게 되었다는 기쁨이 앞서 하인들에게 속히 그것들을 대령하도록 일렀다.

"자, 이제 그 위에 엎드려보시오."

가져오라고 한 것들이 준비되자 김삿갓은 윤꼽추를 떡판 위에 엎드리라고 일렀다. 떡판 위에서 침을 맞아야 효능이 있는 모양이라고 제멋대로 생각한 윤꼽추는 시키는 대로 그 위에 길게 늘어졌다. 그러나 김삿갓이 침 대신 떡메를 번쩍 치켜드는 것을 보고는 기겁하여 눈이 휘둥그레졌다.

"아니, 그 떡메로 뭘 하시려는 겁니까?"

"떡메가 뭐하는 건지 몰라서 묻는 거요? 모르면 내 가르쳐드리지. 떡메는 치라고 있는 것이오."

"아니, 그건 저도 알고 있습니다만……, 제 병이 그렇게 떡메로 쳐야 고쳐지나요?"

영의정병에 단단히 홀린 윤꼽추는 그때까지도 제대로 상황 판단을 하지 못하고 있었다.

"그거야 쳐봐야 아는 일이니 우선 치료부터 받으시오."

김삿갓이 절구통만 한 떡메를 번쩍 치켜올리자 윤꼽추는 소스라치게 놀라며 벌떡 일어나 앉았다.

"도대체 그 무시무시한 걸로 병을 고친 사람이 몇 명이나 되는지요?"

"허, 그 양반 참 말 많군. 치료를 해달라고 매달릴 때는 언제고, 막상 치료를 하려니까 이렇게 귀찮게 구는 거요? 이걸로 병을 다스린 사람은 한 열 명쯤 되오. 이제 됐소?"

"아니, 잠시만요. 그럼, 그 열 명의 병은 다 나았나요?"

"다섯은 죽고, 셋은 살지 못했고, 둘은 황천으로 떠났소."

윤꼽추는 그 말을 한참 새기더니 또 한 번 눈이 휘둥그레져서 물었다.

"그럼 저는 살 수 있겠지요?"

"글쎄, 어디 한번 두고봅시다. 죽는지, 살지 못하는지, 황천으로 가는지. 자, 이제 시작한다. 이 노랑이 윤꼽추야!"

마침내 김삿갓은 번쩍 치켜든 떡메를 힘껏 내려치기 시작했다.

시쳇말로 '돌고 돌아서 돈'이라고 하듯 돈은 쓰라고 있는 것이다. 다만 때와 장소를 가려 쓰는 미덕을 지녀야 할 터이다. 그런데 대부분의 수전노들은 벌어들이기만 하지 도통 쓰려고는 하지 않는다. 좋은 일이건 궂은 일이건 돈이 나간다는 것 자체를 아예 잊어버린 모양이다. 물론 그러니까 노랑이 소리를 듣는 것이고, 그래야 구두쇠 자격이 생기는 것이긴 하지만 말이다. 구두쇠 이야기들을 살펴보면 그들은 대개 악인으로 그려져 있다. 이는 가진 자의 처신이 그만큼 중요하다는 뜻일 것이다.

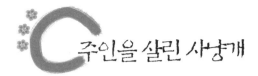
주인을 살린 사냥개

🌸 **어느 선비가** 금의환향의 원대한 꿈을 품고 서울로 올라가 과거에 임했지만 아쉽게도 낙방하고 말았다. 선비는 고향에서 자신의 급제를 손꼽아 기다릴 아내를 볼 면목이 없어 집으로 돌아가지 않고 서울에서 머물며 다시 과거를 준비하기로 했다.

선비의 서울 생활은 몹시 초라했다. 가지고 있던 노자도 바닥이 나서 스스로 버는 수밖에 없었다. 그래서 낮에는 일을 하고 밤에는 글을 읽기를 수개월, 적적한 서울 생활을 달래기 위해 그는 사냥개 한 마리를 기르기 시작했다. 끼니마다 남는 밥을 주고, 낮에 일을 나갈 때는 집을 지키게 했다. 그렇게 또 몇 달 생활하다보니 이제는 사냥개도 선비를 그림자처럼 따르게 되었다.

어느덧 세월은 흘러 과거 시험을 치는 날이 되었다. 그러나 선비는 이번에도 과거에 떨어지고 말았다. 집에 돌아가기 더욱 어려운 처지가 되고 만 것이다.

"거지 꼴이 다 된 내가 무슨 염치로 고향에 간단 말인가?"

선비는 다음 과거 때까지 서울에 머물며 다시 공부하기로 결심했다. 그는 고향이 그리워질 때면 사냥개를 쓰다듬으며 애써 감정을 다스렸다. 그러다 보니 이제 사냥개와는 있는 정 없는 정이 들어 서로 눈빛만 보아도 무슨 생각을 하고 있는지 알 정도가 되었다.

또 한 해가 지나 선비는 다시 과거 시험을 보았다. 그러나 이번 시험에서도 낙방의 고배를 마시고 말았다. 그리 되자 고향으로 돌아가는 일은 더더욱 어려운 일, 선비는 다음 과거를 마지막이라 생각하고 한 번 더 과거에 응시할 결심을 했다. 만약에 다음에도 낙방을 하면 스스로 목숨을 끊겠다는 비장한 다짐과 함께……

드디어 세월이 흘러 네 번째 과거에 응시했는데, 지성이면 감천이라고 했던가. 마침내 선비는 과거에 급제하여 꿈에 그리던 금의환향을 하게 되었다. 선비가 고향으로 떠나는 행차에는 사냥개도 함께했다. 이제 아내에게 떳떳한 모습을 보여줄 수 있다고 생각하니 가슴이 뿌듯했다.

그러나 그의 벅찬 기대는 헛된 바람이었다. 선비의 아내는 오랫동안 남편이 돌아오지 않자 긴긴 밤을 홀로 지내기가 외로워 이웃에 사는 젊은 사내와 눈이 맞아 몰래 놀아나고 있었던 것이다. 그 사실을 까맣게 모르는 선비는 기쁜 얼굴로 아내를 끌어안았다.

"그래, 그동안 얼마나 고생이 많았소? 정말 미안하오. 하지만 이제 다시는 당신을 고생시키지 않을 것이오."

그러나 지은 죄가 있는 아내는 슬금슬금 남편의 눈치만 살폈다.

"아니, 당신, 어디 아프오? 안색이 좋지 않구려."

"아, 아니에요……."

사정을 모르는 선비는 아내가 오랜만에 자신을 만나 부끄러워 그러는 줄로만 알고 그냥 지나쳤다. 남편이 장원급제를 하여 돌아올 줄 몰랐던 아내는 그를 볼 면목이 없었다. 그렇다고 지금까지 있었던 일을 그대로 털어놓는 일은 더더욱 할 수 없었다. 세상에 영원한 비밀은 없는 법, 자신의 외도를 언젠가는 남편이 알게 될 것이라는 두려움에 하루하루 고통스런 나날을 보내던 아내는 마침내 독한 결심을 하게 되었다.

'그래, 이렇게 된 바에야 그 길밖에는 없어…….'

아내는 남편을 몰래 죽일 생각이었다. 이튿날 아침, 아내는 여느 때보다 일찍 일어나 진수성찬을 준비해 마루에 밥상을 차렸다. 그리고 남편에게 이 음식 저 음식을 젓가락으로 집어 얹어주었다. 그때 사냥개는 마당에 앉아 주인이 식사하는 모습을 뚫어지게 지켜보고 있었다.

"하하하, 저 녀석이 당신과 내가 다정하게 식사를 하니 질투가 나는가보군. 저렇게 도끼눈을 뜨고 지켜보고 있으니 말이야."

"신경 쓰지 말고 어서 식사나 하세요. 나중에 남는 밥을 주면 마음이 풀어질 거예요."

아내는 반찬 가운데 한곳에 극약을 넣어두고는 남편에게 먹일 기회만 을 엿보고 있었다.

"그래도 저 녀석이 내가 외로울 때 좋은 친구가 되어주었으니 너무 박대하면 안 되오. 옛다, 너도 오랜만에 이 고기 맛 좀 보거라."

선비는 사냥개에게 갈비 한 덩어리를 던져주었다. 그런데 평소 주인이 던져주는 음식이면 가리지 않고 받아먹던 녀석이 오늘은 이상하게도 아예 냄새도 맡지 않고 오로지 밥상만 뚫어지게 바라볼 뿐이었다.

"허허, 저 녀석이 단단히 골이 난 모양이군."

아무것도 모르는 남편은 그저 사냥개의 질투가 심하다고만 여겼다.

"신경 쓰지 마시라니까요! 자, 이 생선 좀 드셔보세요? 제가 서방님 오시면 드리려고 아껴두었다가 오늘 광에서 처음으로 꺼내 구운 거예요."

아내는 젓가락으로 살점을 하나 떼어내 남편의 숟가락 위에 얹어주었다.

그때였다.

"컹!"

갑자기 사냥개가 번개같이 마루로 뛰어오르며 아내의 팔목을 물었다.

"아니, 이놈의 개가 미쳤나!"

아내는 다른 손으로 사냥개를 후려쳤다. 그러자 더욱 성이 난 개는 아내의 목을 물고 늘어졌다.

"아악!"

순식간에 일어난 일이었다. 아내는 그 자리에서 피를 뿜으며 죽었다.

"아니, 네 이놈! 이게 무슨 짓이냐? 오냐오냐 해주면서 키워줬더니 은혜를 원수로 갚는구나, 이놈!"

선비는 마당으로 달려가 절굿공이를 들고 올라왔다. 사냥개를 내려칠 심산이었다. 그러나 선비가 절굿공이로 내려치기도 전에 사냥개는 이미 피를 토하며 밥상 위에서 죽어가고 있었다.

"아니? 이럴 수가……!"

선비는 채 말을 잇지 못했다. 사냥개가 생선을 베어먹자마자 그 자리에서 피를 토하는 것을 본 선비는 그제야 앞뒤 사정을 알게 되었다.

"네가 나를 살렸구나……!"

선비는 사냥개를 끌어안고 눈물을 흘렸지만 말 못하는 가엾은 짐승의 몸은 이미 뻣뻣하게 굳어가고 있었다.

선비는 자신을 위해 목숨을 바친 충성스런 사냥개를 위해 넋을 기리는 비를 세워주었다.

러시아의 반체제작가인 솔제니친의 수필이다.

〈불길이 솟아오르고 있는 모닥불 속에 썩은 통나무 하나를 던져넣었다. 그러나 나는 그 통나무 속에 개미집이 있었다는 사실을 미처 알지 못했다. 이윽고 통나무에 불이 붙자 별안간 개미들이 떼를 지어 쏟아져나오며 정신없이 흩어지기 시작했다. 개미들은 통나무 밖으로 나와서도 불길에 휩싸여 경련을 일으키며 타 죽어갔다. 나는 황급히 통나무를 낚아채 모닥불 밖으로 내던졌다. 다행히 많은 개미들이 생명을 건질 수 있었다. 어떤 놈은 모래 위로 달리기도 하고 어떤 놈은 솔가지 위로 기어오르기도 했다. 그러나 잠시 후, 이상한 일이 벌어졌다. 개미들이 좀처럼 불길을 피해 달아나려고 하지 않는 것이었다. 가까스로 공포를 이겨낸 개미들은 방향을 바꾸더니 다시 통나무 주위를 빙빙 맴돌기 시작했다. 그 어떤 힘이 그들을 자기 집으로 다시 돌아가게 만든 것일까. 개미들은 활활 타오르는 통나무 위로 기어올라갔다. 그리고는 통나무를 붙잡고 바둥거리면서 그대로 거기서 죽어가는 것이었다.〉

솔제니친은 한낱 미물인 개미들에게도 고향으로 돌아가려는 본능이 있음을 깨닫고 이 글을 썼을 것이다. 그렇다면 독약이 든 생선을 먹고 피를 토하며 죽은 사냥개의 고향은 어디였을까. 바로 수 년 동안 자기를 건사해준 주인, 즉 선비가 사냥개의 고향이었으리라.

162

원숭이와 족제비의 새끼 사랑

🌸 조선시대, 새해를 맞이하여 중국에 신년 축하사절
로 갔던 정조사 일행 중 한 상인이 북경에서 어미 원숭이 한 마리를 사 가지
고 돌아왔다. 그 원숭이는 새끼를 배고 있었는데, 얼마 지나지 않아 새끼를
낳았다. 상인은 새끼 원숭이가 하도 귀여워 자기 소매 속에 넣어 가지고 다
니다가 가끔 꺼내어 어미에게 젖을 물리게 하곤 했다.

그러던 어느 날, 원숭이가 상인에게 자기 새끼를 꺼내달라고 부탁하자 상
인은 어미의 부탁을 들어주었다. 어미는 너무나 좋아하며 새끼를 머리에 이
고 마치 사람처럼 걸어갔다.

그때였다. 솔개 한 마리가 하늘에서 쏜살같이 내려와 원숭이 새끼를 채가
버리는 게 아닌가. 순식간에 벌어진 일이어서 어미와 상인은 미처 손을 쓰지
못한 채 당하고 말았다. 원숭이는 새끼를 잃은 슬픔으로 며칠 동안 식음을
전폐했다. 그러자 상인이 원숭이를 위로해주었다.

"이미 하늘로 날아간 네 새끼를 어떻게 구한단 말이냐? 부디 마음을 풀고 힘을 내렴."

하지만 원숭이는 여전히 초췌했다.

어느 날, 원숭이는 무슨 생각을 했는지, 닭 한 마리를 잡아 털을 모두 뽑아버렸다. 그런 다음 예전에 그랬던 것처럼 생닭을 머리에 이고 솔개가 새끼를 채갔던 곳으로 가서 빙빙 주위를 맴돌았다. 그렇게 하기를 몇 시간, 마침내 하늘에서 솔개가 나타나더니 닭을 채가려고 아래로 내려오는 게 아닌가. 원숭이는 솔개가 가까이 다가오기를 기다렸다가 자기 머리에 이르자 재빨리 팔을 휘둘러 솔개를 낚아챘다. 그리고는 땅에 떨어진 솔개를 물어 죽였다. 그런 뒤 상인이 잠자고 있을 때를 틈타 자기도 목을 매고 죽어버렸다.

어느 해 여름, 장맛비가 개자 관청 창고 옆 족제비 구멍으로 큰 구렁이 한 마리가 기어들어가더니 족제비 집에 있던 새끼들을 한입에 삼켜버렸다. 배를 채운 구렁이는 족제비 집에서 나와 느긋하게 뜰에 늘어져 있었다.

이때 어미 족제비 두 마리는 새끼를 잃은 슬픔을 억누르며 복수를 준비했다. 어미들은 구렁이 앞에다 번갈아 땅을 팠는데, 그 길이가 아주 긴 것이 마치 대나무의 홈통 같았다. 어미들은 구렁이를 그 구멍으로 유도할 참이었다.

마침내 구렁이가 천천히 기어서 족제비가 파놓은 땅 구멍으로 들어왔는데, 머리에서부터 꼬리까지 몸 전체가 꼭 끼어 빈틈없이 들어맞았다. 구멍으로 들어간 구렁이는 몸이 꽉 끼어서 움직이고 싶어도 움직일 수가 없었다. 몸을 뒤집어보려고 애를 썼지만 그러지도 못하고 결국 얼마 안 가 죽고 말았다. 몸을 움직이지 못하는 구렁이의 머리와 꼬리, 양끝을 족제비 어미 두 마리가 깨물어 죽인 것이다.

족제비들은 힘을 합해 구렁이를 구멍에서 꺼냈다. 그리고 자신들의 날카로운 이빨로 조심스럽게 배를 갈랐다. 그랬더니 네 마리의 새끼 족제비가 아무 상처도 없이 구렁이의 배 안에 죽은 듯 늘어져 있었다. 어미들은 새끼를 꺼내 깨끗한 곳에 누인 뒤 온몸을 정성껏 핥아주었다. 그런 다음 번갈아가며 콩잎과 계장초를 물어와 콩잎 위에 새끼들을 눕힌 다음 계장초로 겹겹이 덮어주었다. 어미들은 양쪽에서 주둥이를 잎사귀 속에 파묻고 계속해서 입김을 불어댔는데, 시간이 조금 지나자 새끼들이 꿈틀거리며 살아났다.

 이 글은 영·정조 때의 실학자인 이덕무가 지은 『청장관전서』 중 「이목구심서」에 들어 있는 글이다. 이 글에는 원숭이와 족제비가 각각 자기 새끼를 사랑하는 마음이 잘 나타나 있다.
두 이야기에 관해 이 책에서는 이렇게 소감을 적고 있다.
'얼마나 슬픈 일인가. 진실로 이 원숭이는 짐승이지만 사람이나 다름없다고 하겠다. 이 원숭이는 사람의 수중에 매여 있는 데다가 새끼마저 잃었으니 어찌 죽지 않고 살 수 있었겠는가. 족제비의 이야기는 새끼 사랑도 사랑이지만 그 지혜가 놀라울 정도다. 긴 홈을 파서 그리로 구렁이를 유인한 지혜도 그렇고, 콩잎이며 달개비 같은 한방초를 사용해 새끼들을 살려내는 지혜 또한 어지간한 사람보다 낫다.'

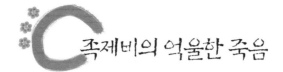

족제비의 억울한 죽음

한 여인이 아이를 낳았는데 그와 때를 맞춰 여인이 기르던 족제비도 새끼 한 마리를 낳았다. 하지만 어미 족제비는 그 자리에서 죽고 말았다. 어미가 너무 늙은 데다 새끼를 낳으면서 엄청난 진통을 겪었기 때문이었다.

여인은 자기 아이를 기르면서 족제비 새끼도 정성을 다해 보살펴주었다. 하지만 족제비는 원래 사나운 성질을 가진 동물이었다. 그래서 여인은 행여나 족제비가 아이를 해칠까봐 늘 각별한 주의를 기울였다.

그렇게 몇 달이 지났다. 족제비는 제법 몸이 불어 어미 티가 날 정도로 자랐다. 아이도 무럭무럭 자랐고 양볼에 젖살이 올라 토실토실해졌다. 그때까지 여인이 걱정하던 일은 단 한 번도 일어나지 않았다. 다행히 족제비가 눈치가 빨라 아이 근처에는 얼씬도 하지 않았던 것이다.

그러던 어느 날이었다. 마침 집 안에 먹을 물이 떨어져 여인은 우물로 갈

참이었다. 아이는 침대에 누워 잠이 들어 있었고, 족제비도 침대 밑에서 잠을 자고 있었다.

'모두 잠이 들었으니 그새 무슨 일이 일어나지는 않겠지. 빨리 우물가에 다녀와야겠다.'

그렇게 안심한 여인은 물동이를 들고 서둘러 우물로 향했다. 우물이 그리 멀지 않은 곳에 있어 잠시 자리를 비워도 괜찮으리라고 판단했던 것이다.

그런데 여인이 나가고 얼마 지나지 않아 커다란 구렁이 한 마리가 아이가 자고 있는 침실로 기어들어왔다. 잠결에 이상한 느낌을 받은 족제비는 눈을 번쩍 떴다. 구렁이는 아이 침대를 향해 굵고 검은 몸을 뒤틀며 다가오기 시작했다.

'이런, 큰일났군!'

족제비는 일단 위험한 상황을 사람들에게 알리기 위해 마구 울어댔다. 그러나 우물가로 간 여인의 귀에까지는 미치지 못했다.

족제비는 자기 몸을 던져서라도 아기를 지켜야 한다는 생각에 구렁이 앞을 가로막았다. 그러나 구렁이는 족제비 따위는 아랑곳하지 않고 계속 아이의 침대로 다가오고 있었다.

"죽고 싶지 않으면 넌 저리 비켜라. 네 자그마한 몸으로 날 당해낼 수 있을 거라 생각하느냐?"

구렁이는 거만하게 몸을 움직이며 으름장을 놓고는 바로 침대 코앞까지 다가왔다. 족제비는 있는 힘을 다해 구렁이에게 달려들었다. 그리고 구렁이의 목을 물고 늘어졌다.

"헉! 아니, 이 쪼그만 놈이……."

구렁이는 족제비를 떼어내려고 필사적으로 몸부림을 쳤지만 뜻대로 되지 않았다.

마침내 구렁이는 족제비의 날카로운 이빨을 견디지 못하고 숨이 끊겼다. 구렁이가 죽은 것을 확인한 족제비는 이 상황을 얼른 여인에게 알려야겠다는 생각에 황급히 밖으로 뛰쳐나갔다. 마침 여인은 집으로 돌아오고 있었다.

"아니! 이럴 수가! 네가 드디어 일을 저지르고 말았구나. 이런 배은망덕한 것 같으니!"

족제비의 입가에 얼룩진 피를 보고 여인은 자기 아기를 물어 죽였다고 생각하여 앞뒤 가리지 않고 머리에 이고 있던 물동이로 족제비를 내리쳤다. 족제비는 그 자리에서 힘없이 늘어졌다.

황급히 침실로 뛰어들어간 여인은 눈앞에 펼쳐진 광경을 보고 다시 한 번 놀랐다. 피를 흘린 채 흉물스럽게 늘어져 있는 구렁이를 보니 그 사이에 무슨 일이 벌어졌는지 짐작됐기 때문이다.

"아가! 내 아가!"

여인은 분명히 자기 아이가 죽은 줄로만 알고 울부짖으며 침대로 달려갔는데 아기가 누워 있는 침대에서는 전혀 뜻밖의 상황이 벌어지고 있는 게 아닌가. 잠에서 깬 아이가 엄마를 알아보고는 생긋 웃으며 옹알이를 하는 것이었다.

"오, 이런!"

뭔가 일이 잘못되었음을 눈치 챈 여인은 다시 허둥지둥 밖으로 뛰쳐나갔다. 하지만 족제비의 몸은 이미 싸늘하게 식어가고 있었다.

168

영리한 동물과 관련된 이야기는 그동안 많이 들어왔기에 이제는 낯설지 않다. 주인을 찾아 천릿길을 달려간 진돗개 이야기부터 주인 대신 독약을 먹고 죽은 개 이야기 등 종류도 다양하다. 또 지난해 어느 신문에는 이런 기사가 실렸다.

호주의 어느 농장에 폭풍우가 몰아쳤는데 농장주가 쓰러지는 나무에 머리를 맞아 의식을 잃고 말았다. 그때 주변을 지나가던 캥거루가 그 상황을 목격하고는 얼른 농부의 집으로 달려가 코를 킁킁거리며 그의 아내에게 사고를 암시해주었다는 것이다. 결국 들판에 쓰러져 있던 농장주는 구조되어 치료를 받을 수 있었고, 농장주를 구해준 캥거루는 그의 집에서 함께 지낸다는 것이었다. 알고보니 그 캥거루는 4년 전 어미를 잃고 혼자 살던 중이었단다.

정(情)이라는 것이 사람에게나 동물에게나 참으로 귀한 마음이 아닐 수 없다는 사실을 새삼 느끼게 된다. 그래서 맹자가 '측은지심'이라는 말을 유별나게 귀히 여겼나보다.

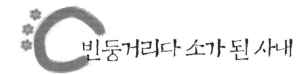

빈둥거리다 소가 된 사내

🌸 몹시 게으른 한 사내가 있었다. 사내의 식구들
은 어떻게든 먹고살려고 갖은 애를 썼으나 이 사내는 손끝 하나 까딱하지 않
고 하루 종일 빈둥거리며 놀기만 했다. 하루는 그의 아내가 하도 답답한 마
음에 타이르듯 말을 꺼냈다.

"여보, 당신이 사람이라면 밭에 나가 일을 좀 해야 할 거 아녜요? 한창 바
쁠 때인데 그렇게 한량처럼 놀기만 하면 어떡해요?"

그래도 남편인지라 아내는 차분한 어조로 말을 꺼냈는데 사내는 그것조
차도 듣기 싫다는 듯 한껏 짜증 섞인 표정으로 대꾸했다.

"인생은 짧은 거야. 놀고 싶을 때 놀아야지 지금 안 놀면 언제 놀겠나? 제
발 나를 그냥 내버려두라고."

'그럼 자기 인생만 짧고 내 인생은 끝이 없다는 말인가.'

아내는 하도 기가 차서 벼락같이 소리를 질렀다.

"당신, 그걸 말이라고 해요? 도대체 이 세상에 놀기 싫어하는 사람이 어디 있어요? 그런 썩어빠진 생각을 하고 있으니 매일 빈둥거리기나 하지. 앞으로도 계속 그럴 거라면 차라리 나가버려요!"

그 말에 사내는 발끈해서 자리를 박차고 일어났다. 원래 한량들이 자존심은 더 강하다더니 사내가 그 짝이었다. 주섬주섬 짐을 꾸리는가싶더니 사내는 뒤도 안 돌아보고 집을 나가버렸다.

그러나 홧김에 집을 나오긴 했는데, 사내를 반갑게 맞아주는 곳이 하나도 없었다. 그래서 무작정 길을 따라 걷고 있는데 저만치에 기와집 한 채가 보였다.

"오늘은 일단 저 집에서 묵어야겠군. 그런데 저 집이 언제부터 저기 있었지? 못 보던 집인데……."

사내는 고개를 갸웃거리며 집 안으로 들어갔다. 집 안에서는 한 노인이 사람이 들어오는 줄도 모르고 무엇인가를 열심히 만들고 있었다. 사내는 노인에게 가까이 다가가 물었다.

"어르신, 지금 뭘 만들고 계신 겁니까?"

노인은 그제야 인기척을 느꼈는지 천천히 사내를 돌아보며 대답했다.

"귀찮을 텐데 뭘 알려고 하나? 자네는 그냥 계속 놀기나 하게."

노인의 말에 사내는 움찔했다. 자신이 한량이라는 사실을 이미 알고 있는 듯한 말투였기 때문이었다. 그러나 사내는 '매일 집에 처박혀 뒹굴다보니 내가 바깥 물정에 어두워졌나보군' 하고 대수롭지 않게 여겼다.

"그래도 그 물건이 하도 이상하게 생겨서 궁금한걸요."

"그래? 그럼 알려주지. 이건 소 대가리일세."

노인의 말을 듣고 다시 자세히 들여다보니 정말 소머리를 닮은 탈바가지였다.

"그걸 무엇에 쓰려고 만드시나요?"

"자네는 귀찮지도 않나? 뭘 그런 것까지 알려고 하나?"

이제는 완전히 사내를 무시하는 말투였다. 사내는 오기가 동하여 더욱 치근덕거렸다.

"그래도 궁금하니 가르쳐주세요."

빈정거리는 어조였으나 노인은 아무렇지 않은 표정으로 대꾸했다.

"정 그렇게 알고 싶다면 가르쳐주지. 자네처럼 일하기 싫어하는 사람이 쓰면 아주 좋은 수가 생기는 탈이지."

사내는 귀가 번쩍 뜨였다. 세상에 그런 탈도 다 있나 싶었지만, 이 역시 자신이 세상 물정에 어두워 모르고 있던 사실일 것이라 생각했다.

"그게 정말인가요? 정말이에요?"

확인하듯 사내는 거듭 되물었다.

"내가 왜 나이 먹고 허튼소리를 하겠나? 정 궁금하면 자네가 한번 써보는 것도 좋지."

노인은 소머리 탈을 들어 떠넘기듯 사내에게 건네주었다. 얼결에 탈바가지를 받아든 사내는 이게 웬 떡이냐 싶어 얼른 머리에 뒤집어썼다. 그러자 노인은 자기가 깔고 앉아 있던 쇠가죽을 재빨리 사내의 등에 걸쳐주었다.

그 순간 이상한 일이 벌어졌다. 사내가 머리에 쓴 소머리 탈이 이상하게도 다시 벗겨지지 않았던 것이다. 더구나 등에 걸쳐놓은 쇠가죽도 사내의 몸에 찰싹 들러붙어서 진짜 살아 있는 소의 가죽처럼 되어버리는 게 아닌가.

사내는 그 자리에서 소가 되어버렸다. 노인은 자리에서 일어나 밧줄을 가져와 사내의 목에 매었다.

"자, 이제 너는 소가 됐으니 나를 따라오너라."

노인은 쇠고삐를 끌고 집을 나섰다. 꼼짝없이 소가 되어버린 사내는 있는 힘을 다해 저항했지만 어찌 된 일인지 고삐를 끄는 노인의 힘을 당해낼 재간이 없었다. 게다가 자신은 소리를 지른다고 질러댔지만 그 소리는 소의 울음으로밖에 들리지 않았다.

노인은 소를 이끌고 장터로 갔다. 장터에 들어서니 팔기 위해 끌고 나온 소들이 많이 있었다. 사내도 그 소들 틈에 끼어 새 주인을 기다렸다. 사내는 어떻게든 도망치려고 기를 썼지만 노인이 고삐를 잡고 있는 한, 한 발짝도 움직일 수가 없었다. 노인은 한동안 장터를 두리번거리다가 어느 마음씨 좋아 뵈는 농부에게 소를 넘겨주었다. 새 주인이 된 농부에게 고삐를 넘겨주며 노인이 한 가지 당부를 했다.

"이 소는 무를 먹으면 그 자리에서 죽게 되니 무밭에는 절대로 가지 못하게 하시오."

"예? 무를 먹으면 죽어요? 그것참, 별난 소도 다 있군요."

농부는 못내 이상하게 생각됐지만, 소를 몰고 집으로 향했다.

이튿날부터 소가 된 사내는 그야말로 죽도록 일만 했다. 아침 일찍부터 논에 끌려나가 하루 종일 일하고, 집으로 돌아올 때는 무거운 마차까지 끌어야 했다. 더구나 새 주인은 어찌나 일 욕심이 많은지 소를 잠시도 내버려두지 않았다. 집에 와서도 우물가로 가서 항아리에 물을 담아오기도 하고, 무거운 돌을 날라다가 담을 쌓기도 했다. 이 모든 일에는 소가 끄는 마차가 사용된지라 사내는 밤이 이슥해서야 외양간으로 들어가 쉴 수 있었다.

너무 힘든 나머지 사내는 울부짖으며 농부에게 외쳤다.

"여보시오. 나는 소가 아니라 사람이라오."

하지만 그 소리는 소 울음소리로밖에 들리지 않았다. 오히려 농부는 일이 하기 싫어 꾀를 피우는 줄 알고 회초리로 엉덩이를 마구 때렸다.

고된 생활이 몇 달 동안 계속되었다. 사내는 게으름만 피우고 살던 지난 날이 몹시 후회되었다.

'내 일도 귀찮아서 하지 않았는데, 남의 집 일을 해주는 신세라니……'

이런 생각을 하니 더 살아서 고된 일을 계속하느니 차라리 죽어버리는 편이 낫겠다는 생각이 들었다. 그래서 기회를 봐 스스로 목숨을 끊어야겠다고 결심했다.

하루는 들에 나가다가 길가 무밭 옆을 지나면서, 사내는 전에 자기를 소로 만든 노인의 말을 떠올렸다.

'이 소는 무를 먹으면 그 자리에서 죽게 되니 무밭에는 절대 가지 못하게 하시오.'

사내의 뇌리에 자꾸 그 말이 맴돌았다.

'그래! 무를 먹으면 죽을 수 있다고 했지? 이렇게 사느니 차라리 저 무를 먹고 죽어버리자.'

사내는 일을 하면서도 하루 종일 그 말을 되뇌었다. 그리고 저녁 어스름 녘에 일을 마치고 돌아오다가 주인이 한눈파는 틈을 타 무 두 개를 뽑아먹었다.

순간 이상한 일이 벌어졌다. 무를 씹어먹고 나자 소의 머리가 원래의 모습인 탈로 변한 것이었다. 사내는 얼른 탈을 벗은 다음 쇠가죽도 벗어던졌다. 죽으려고 먹었던 무가 뜻밖에도 새 삶을 살도록 해준 것이었다.

한편, 자기 소가 갑자기 사람이 되는 광경을 목격한 농부는 기절할 만큼 놀랐다. 사내는 농부에게 자초지종을 들려주고 자신의 집으로 향했다.

농부와 헤어져 고개를 넘어오던 사내는 예전에 소머리 탈을 만들던 노인의 집으로 찾아가 노인에게 호되게 앙갚음을 할 참이었다. 그러나 그 집은 온데간데없고 잡풀만 무성한 게 아닌가.

그 후로 사내는 깨우친 바가 커, 집으로 돌아온 뒤에는 그 어떤 사람보다도 부지런한 농부가 되었다.

'운명이란 자신이 스스로 만드는 것이다.'

로마의 역사가인 네포스가 한 말이다. 운명에 관한 말들은 수없이 많지만 네포스의 이 말은 특히 자신의 노력을 중시한 명구이다. 흔히 '운명적'이라는 말은 앞으로 벌어질 일에는 사람의 힘으로는 불가능한 어떤 것이 있다는 뜻으로 사용된다. 그래서 일이 잘못되든가 하면 '운명에 맡기자'는 둥 '그게 내 운명이구나' 하는 식으로 자조하는 경우가 많다. 하지만 네포스는 운명이라는 것이 하늘이나 신의 영역이 아니라고 강조한다. 스스로의 노력에 의해 운명을 자기 것으로 만들어나가라는 그의 말은, 운명을 결코 불가해한 어떤 것으로 받아들여선 안 된다는 점을 강조하고 있다. 왜냐하면 운명의 칼자루는 다른 누구도 아닌 자기 자신이 쥐고 있기 때문이다.

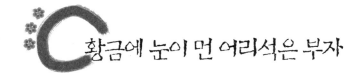

황금에 눈이 먼 어리석은 부자

아들 삼형제를 거느리고 성실하게 살아가는 농부가 있었다. 농부는 비록 가난했지만 부지런하고 마음씨가 고와 주위 사람들의 칭찬이 자자했다. 그는 늘 아들 삼형제와 아침 일찍 논밭에 나가 부지런히 일하고, 저녁별이 나타날 즈음에 돌아오곤 했다. 농부의 세 아들 역시 아버지를 닮아 부지런했다. 항상 아버지와 함께 들에 나가 황소처럼 일하는 성실한 일꾼들이었다. 농부와 세 아들은 성실하게 일하는 것을 일생의 낙으로 여기며 사는 사람들이었다.

어느 날, 여느 때와 마찬가지로 세 아들과 함께 들로 일을 나간 농부는 잠시 쉬는 틈을 타서 조심스럽게 말을 꺼냈다.

"얘들아, 이 땅은 우리들에게 곡식을 주고 또 우리를 건강하게 만들어주는 아주 귀한 보물이다. 그런데 너희들도 보다시피 우리 논밭 주변에는 쓸모없는 돌들이 너무 많구나. 그래서 말인데, 이 돌들을 모두 치워버리면 어떻겠니?"

"예? 아버지, 이렇게 많은 돌들을 언제 다 치우죠?"

농부의 예상대로 세 아들은 눈을 둥그렇게 뜨며 놀란 표정을 지었다.

"오늘 다 치우자는 게 아니다. 오늘 다 마칠 수 있는 일도 아니니 매일 조금씩 돌을 나르자는 거야. 그러면 언젠가는 이 많은 돌들이 다 없어질 것 아니겠니?"

농부는 부드러운 어조로 타이르듯 말했다.

"알겠습니다, 아버님."

효성 또한 지극했던 세 아들은 아버지의 말에 따르기로 하고 당장 실행에 옮겼다. 일을 마친 네 사람은 손에 들 수 있을 만큼의 돌을 주워 집으로 향했다. 그리고 그 일을 하루도 거르지 않았다. 그들은 궂은 날이건 맑은 날이건 가리지 않고 매일같이 돌을 주워와 자기 집 울타리에 차곡차곡 쌓아나갔다. 그러는 사이 3년이라는 세월이 지났고, 이제 농부의 집 주위에는 그럴듯한 돌담이 둘러쳐지게 되었다.

그런데 농부의 집 뒤에는 심보가 고약한 부자 영감이 살고 있었는데, 그는 공짜라면 양잿물도 퍼마실 위인이었다. 욕심 많은 부자 영감이 하루는 대문 밖으로 산보를 나섰다. 아침나절 동안 늘어지게 자고 난 터라 아직 얼굴에는 잠기운이 가득했다. 그런데 어떤 강한 빛이 자꾸 눈을 찌르는 듯한 느낌에 영감은 손가락으로 눈을 비비며 주위를 둘러보았다.

"어라? 저게 뭐지? 황금덩어리 아니야?"

영감은 깜짝 놀라 그만 땅바닥에 주저앉고 말았다. 영감의 눈에, 담이 온통 황금으로 둘러싸인 농부의 집이 보였던 것이다. 영감이 정신을 가다듬고 다시 보아도 여전히 황금으로 둘러싸인 담이 눈앞에 휘황찬란하게 펼쳐져 있었다.

"저 가난뱅이가 언제 저렇게 많은 돈을 벌어 황금으로 담까지 쌓았지?"

영감은 이미 제정신이 아니었다. 황금이 하나였더라도 눈이 뒤집혔을 텐데, 담장이 온통 황금이니 오줌을 질질 싸도 모를 정도로 아뜩할 노릇이었다. 결국 영감은 황금 담이 탐이 나 그날 밤 잠을 제대로 이룰 수가 없었다. 제 버릇 개 못 준다고 어떻게든 농부의 집을 차지하려는 욕심이 불길처럼 타올랐던 것이다. 영감은 기나긴 밤을 이리 뒤척 저리 뒤척하며 궁리하다가 아침 녘이 되어서야 무릎을 탁 치며 일어났다.

"옳지, 그렇게 하면 되겠다!"

이미 날이 훤히 밝았기에 영감은 곧바로 농부에게로 달려갔다. 농부는 그때 막 일을 나가려던 참이었다.

"여보게, 나 좀 잠깐 보세."

아침 일찍 부자 영감이 찾아오자 농부는 찜찜한 마음이 들었다.

"무, 무슨 일이시죠?"

농부는 그가 찾아오면 늘 궂은 일만 생긴 터라 자기도 모르게 말까지 더듬었다. 억지로 트집을 잡아 숟가락 하나라도 빼앗아간 적이 한두 번이 아니었기 때문이었다. 하지만 영감은 평소와는 달리 얼굴 가득 웃음을 머금으며 부드럽게 말을 꺼냈다.

"자네, 요즘 돈을 많이 버는 모양이지?"

"그게 무슨 말씀이신가요? 전 그저 저희 식구 먹고살 농사밖에 하는 게 없는걸요?"

"그런데 어떻게 저런 훌륭한 담을 쌓았는가?"

"아, 저 돌담이요? 저건 들에 널린 돌들을 하나씩 주워와서 만든 겁니다."

농부의 말에 영감은 속으로 화들짝 놀랐다. 돌담이라는 말에 귀가 쫑긋해진 것이다.

'아니, 저놈이 미쳤나? 황금을 보고 돌이라고 하다니?'

영감은 속으로 쾌재를 불렀다.

'이렇게 되면 일이 더 쉬워지겠는걸……'

농부가 혹시 다른 말을 꺼낼까 조마조마하여 영감은 바로 생각해둔 말을 꺼냈다.

"여보게, 우리는 서로 앞뒷집에 사는 이웃사촌 아닌가?"

"그야, 그렇습니다만……."

"그래서 하는 말인데, 그동안 내가 자네한테 좀 야박하게 굴었던 것 같아. 서로 돕고 친하게 지냈어야 했는데 말이야. 그래서 내가 이제부터라도 자네와 좀 친하게 지내려고 하네."

도대체 영감의 꿍꿍이를 짐작할 수 없어 농부는 불안하기만 했다.

"내가 그동안의 일을 사과도 할 겸해서 내 집과 자네 집을 바꾸면 어떨까 하고 이렇게 찾아왔네. 물론 자네 땅은 그대로 갖고 그저 집만 바꾸면 되는 걸세."

"갑자기 무슨 말씀을 하시는지 모르겠군요."

농부는 영감이 갑자기 망령이 들었나 싶었다. 다 낡아빠진 초가집하고 고래등 같은 기와집을 바꾸자고 하다니, 망령이 들지 않고서는 그 노랑이 영감 입에서 나올 법한 말이 아니었기 때문이다.

"뭐 심각하게 생각하지는 말게. 나는 그저 자네 집의 돌담이 워낙 부러워서 그러는 것뿐이니까. 그리고 나야 재물이 있으니 이 초가집에서 살다가 싫증이 나면 다시 새 기와집을 하나 사면 되니, 부담 갖지 말고 그렇게 하도록 하세.”

생각지도 않은 일을 당하게 되자 농부는 그저 어리둥절할 뿐이었다.

결국 영감은 농부를 설득한 끝에 서로 집을 바꿔 살기로 했다. 욕심 많은
영감은 나중에 농부가 딴소리를 할까 염려되어 합의서까지 만들어서 서명
한 뒤 하나씩 나누어 가졌다.

“나중에 딴소리하면 절대 안 되네?”

영감은 입다짐까지 받아두려고 농부에게 거듭 당부했다.

“제가 다른 소리 할 일이 있겠습니까? 영감님이라면 모를까······.”

“아닐세. 이번에는 내가 죽어도 다른 소리 안 할 테니 걱정 말게. 만약 내
가 딴소리를 하면 자네가 갖고 있는 합의서를 근거로 관가에 나를 고소하면
될 게 아닌가?”

무슨 꿍꿍이가 있는지 몰라도 영감의 말은 일단 틀린 말이 아니었고 농부
의 입장에서 손해볼 일은 더더욱 아니었다. 농부는 뒷일이야 어떻게 되든 그
때 가서 생각하기로 하고 일단 합의서를 잘 챙겨두었다. 이렇게 해서 농부와
부자 영감은 서로 집을 바꿔 살게 되었다.

“하하하! 이제 나는 엄청난 부자가 된 거야. 저까짓 기와집 한 채가 문젠
가? 이 황금이라면 저런 집 백 채도 살 수 있겠다. 하하하.”

영감은 얼마나 기분이 좋은지 밤늦게까지 초가집 울타리를 돌며 덩실덩
실 춤을 추었다.

이튿날 아침, 영감은 간밤에 너무 흥분한 나머지 몸이 피곤했었는지 해가
중천에 이르러서야 일어나 마당으로 나왔다. 밤새 황금 담이 안녕했는지 살
펴보기 위해서였다.

“아니? 이게 어찌 된 일이야?”

영감은 처음에 담을 보았을 때처럼 너무 놀라 엉덩방아를 찧다시피 하며 주저앉았다. 그토록 눈부신 광채를 내던 황금 담은 온데간데없이 사라지고 시커먼 돌들로만 이루어진 평범한 돌담이 눈앞에 있었기 때문이었다.

"아이고, 나는 망했네!"

영감은 땅을 치고 후회했으나 이미 엎질러진 물이었다. 농부와 집을 바꾼 일에 대해서는 이미 돌이킬 수 없었다. 합의서까지 써서 나누어 가진 상태인데다, 일구이언할 때는 고소해도 좋다며 스스로 단단히 못을 박아놓은 터였으니…….

평소의 못된 욕심보가 한순간 눈을 뒤집어놓는 바람에 일종의 착시를 일으킨 것이다. 큰일을 저지르고 만 영감은 자리에 누워 오래도록 몸을 추스르지 못했다. 하지만 농부와 세 아들은 평소와 다름없이 동이 트면 쟁기를 메고 들로 나가 전과 다름없이 열심히 밭을 갈았다.

당나라 때 백장회해라는 선사가 있었다. 그는 다른 승려들과는 달리 매일 밭에 나가 일을 했다. 그것도 다른 사람들보다 한 걸음 앞서 밭으로 향했다. 함께 있는 승려들은 너무 열심히 일을 하는 백장회해의 건강이 염려되어 하루는 연장을 몰래 감추고 오늘 하루만이라도 쉬라고 청했다. 그러자 그는 "내가 아무 덕도 쌓지 못했는데 어찌 남들에게만 수고를 끼칠 수 있겠소" 하며 연장을 찾아나섰다. 아무리 찾아도 연장이 보이지 않자 그는 결국 그날 음식을 먹지 않았다. 그 후로도 이와 비슷한 사건이 생겨 일을 할 수 없는 날이면 그는 절대 음식을 입에 대지 않았다. 그래서 '하루 동안 일하지 않으면 하루 동안 먹지 않는다'는 말이 천하에 두루 퍼지게 되었다고 한다.

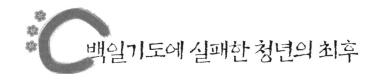

백일기도에 실패한 청년의 최후

 성격이 급한 청년이 있었는데, 그는 사소한 일에도 신경질을 부리고 걸핏하면 남에게 시비를 걸곤 했다. 그래서 그가 하는 일은 제대로 되는 게 하나도 없었는데 그 역시도 자신의 성격을 잘 알고 있었다.

'그때 내가 조금만 참았으면 좋았을 것을…….'

청년은 자신의 일이 낭패를 보게 되면 늘 그렇게 후회하곤 했다. 하지만 그것을 알면서도 다음에 또 일을 그르치기 일쑤였다. 생각다 못한 청년은 오랜 수양으로 높은 덕을 쌓았다는 스님을 찾아가 가르침을 받기로 했다.

"저는 성격이 차분하지 못해 매번 일을 그르치곤 합니다. 그래서 스님께 좋은 말씀을 듣고자 찾아왔으니 한 수 일러주십시오."

청년을 찬찬히 살펴보던 스님이 입을 열었다.

"그대가 아직 젊으니 그럴 수 있네. 하지만 좋지 않은 성격인 것은 분명하니 고쳐야겠지."

"어떻게 하면 제 못된 성격을 고칠 수 있겠습니까?"

"참을성이 없다면 앞으로 이룰 수 있는 일은 하나도 없을 걸세. 그러니 마음의 수양을 통해 인내심을 길러야 하네. 수양을 쌓기 위해 백일기도를 드리게나."

백 일 동안 화를 내지 않고 수양을 쌓으면 온화한 성격이 된다는 것이었다. 청년은 스님의 가르침을 받들어 산속으로 들어갔다. 그리고 높은 바위에 앉아 백일기도를 시작했다. 낮에는 따가운 햇볕을 견디고, 밤에는 차가운 이슬을 견디며 하루하루 각고의 수련을 쌓아갔다. 수련을 거듭하는 동안 그는 자신에게 이러한 인내력이 있었다는 사실을 깨닫고는, 스스로 대견스러워했다.

어느덧 시간이 흘러 수련을 시작한 지 99일째가 되었다. 이제 하루만 더 버티면 성질 급한 청년도 참을성 강한 사람으로 거듭날 수 있었다.

백 일째 아침, 청년이 벅찬 가슴을 달래며 바위에 앉아 마지막 수련을 시작하고 있는데 작은 문제가 생겼다. 그가 앉아 있는 맞은 쪽 벼랑에 새 한 마리가 날아와 앉는 것이었다. 언뜻 보니 몸집이 작은 암컷 새였다. 그는 처음에는 별 신경을 쓰지 않았는데 어찌 된 일인지 그 새는 돌아갈 생각을 하지 않고 계속 벼랑 주위를 맴돌고만 있었다.

'저 새가 왜 저러지?'

청년은 잠시 이상하게 여겼지만 기도하는 마음이 흔들리지는 않았다.

암컷 새는 그렇게 한나절 동안을 맴돌다가 제 갈 길을 갔다.

땅거미가 질 무렵, 그는 가슴이 벅차올랐다.

'아, 이제 몇 시간 뒤면 백 일이 되는구나.'

183

청년은 눈을 감고 조용히 마지막까지 최선을 다하리라 다짐했다. 그런데 또 어디선가 새 지저귀는 소리가 들리는 게 아닌가. 눈을 떠보니 이번에는 수컷 한 마리가 벼랑 끝에 와 앉아 있는 것이었다.

'오늘따라 웬 새들이 자꾸 날아와서 시끄럽게 군담?'

청년은 마음을 가다듬고 다시 수양에 들어갔다. 그러나 조금 있자니 또 한 마리의 새가 날아와 지저귀기 시작했다. 아까 낮에 보았던 암컷이었다.

'저것들이 꽤나 신경 쓰이게 만드는구나.'

문제는 그때부터였다. 두 마리의 새들이 그냥 날아갔다면 청년은 백일기도에 성공할 수 있었을 텐데, 불행히도 그렇게 되지 않았던 것이다.

이제는 한술 더 떠서 새 두 마리가 시끄럽게 다투기 시작했다. 먼저 암컷이 포문을 열었다.

"짹짹짹짹! 당신, 집에 있지 않고 왜 여기 와 있는 거예요?"

암컷이 호들갑스럽게 짹짹거리자 청년은 그 지저귀는 소리를 이런 식으로 혼자 상상했다.

"짹짹짹짹! 당신이 하도 돌아오지 않기에 찾아다니다가 여기까지 온 거 아냐."

청년은 수컷이 그렇게 대꾸했을 것이라 여겼다.

"짹짹짹! 흥, 거짓말 말아요. 다른 암새하고 눈이 맞아 어디서 실컷 놀다왔으면서."

"짹짹! 누가 할 소리! 나야말로 당신이 어느 바람둥이 수컷하고 눈 맞아 달아난 줄 알았다구."

청년은 겉으로는 눈을 감고 수양에 몰입하는 듯했지만, 머릿속으로는 두 마리 새가 지저귀는 소리를 해석하느라 여념이 없었다. 이상하게 새들이 지저귀는 소리를 사람 말처럼 알아들을 수가 있었다. 매우 신기한 일이었지만 지금 중요한 문제는 그게 아니었다.

'이제 몇 시간만 참으면 백일기도가 끝난다. 참자, 참자!'

너무 시끄러워 기도를 올릴 수 없었지만 그는 꾹 참고 기도에 힘쓰자고 자신을 다독였다. 그런데 새들의 다툼은 좀처럼 끝날 것 같지 않았다. 더구나 이제는 가만히 앉아 수양 중인 청년까지 들먹이며 한층 더 소리 높여 지저귀는 것이었다.

암컷이 먼저 지저귀며 퍼부었다.

"짹짹짹짹! 아이고 분해라. 내가 바람이 났다고? 나는 아까 낮부터 이 바위에 앉아 있었는데!"

"짹짹짹! 거짓말하지 마! 그걸 어떻게 증명할 수 있어?"

"짹짹짹짹! 내 말이 사실인지 아닌지는 저기 돌부처처럼 앉아 있는 저 멍청한 청년한테 물어보라구!"

그 말에 마침내 청년의 속이 부글부글 끓어오르기 시작했다. 어지간하면 참으려고 했지만 멍청하다는 소리에 화가 나서 견딜 수가 없었다. 마침내 청년은 자리를 박차고 일어나 고함을 질렀다.

"이것들이 정말! 나보고 멍청이 돌부처라고?"

청년은 돌멩이를 주워들고는 새들을 향해 냅다 던져버렸다. 이로써 그의 백일기도는 물거품이 되고 말았다.

"아, 억울하다! 저 새들만 아니었어도 기도를 마칠 수 있었는데……."

청년은 몹시 아쉬워하며 산을 내려왔다. 그리고 다음날부터 다시 마음을 가다듬고 다른 방법으로 수양하겠노라고 결심했다. 청년은 책을 읽기로 했다. 책에는 수많은 성현들의 가르침이 담겨 있으니 분명히 방법을 찾을 수 있을 거라고 믿었다.

며칠 동안 바깥출입도 하지 않고 책만 읽은 결과, 마침내 청년은 도를 닦는 방법을 알아냈다. 물살이 센 강에서 나룻배로 백 명만 물을 건너게 해주면 성인의 경지에 이를 수 있다는 것이었다.

청년은 곧바로 책을 덮고 한 나루터로 달려갔다. 마침 그 강은 물살이 거칠어 그가 수양하기에는 안성맞춤이었다. 그는 배 한 척을 구해와 사공 노릇을 시작했다. 하루가 가고 이틀이 지났다. 날이 거듭될수록 그는 마음을 더욱 굳게 다지며 열심히 노를 저었다. 열흘째 되는 날, 마침내 그가 강을 건너도록 도와준 사람이 모두 아흔아홉 명이 되었다. 이제 한 명만 더 나르면 성인의 경지에 다다를 수 있었다.

드디어 백 번째 사람이 배에 올랐다. 청년은 심호흡을 한 번 하고는 노를 굳게 잡았다. 마지막 손님은 중년 여인이었는데 그녀가 배에 오르자 그는 힘차게 노를 저었다. 그런데 배가 강 중간쯤에 이르자 여인이 다급하게 소리쳤다.

"잠깐! 배를 돌려요."

"왜 그러시죠?"

"깜빡 잊고 딸아이를 데려오지 않았어요."

청년은 할 수 없이 뱃머리를 돌렸다. 나루터에는 계집아이가 울며 서 있었다. 아이를 싣고 청년은 다시 땀을 뻘뻘 흘리며 노를 저어 나아갔다. 그런데 배가 강 한복판에 이르자 여인이 또 다급하게 소리쳤다.

"잠깐만요!"

"이번엔 또 뭡니까?"

"깜빡 잊고 장에서 산 신발을 가져오지 않았어요. 내일 당장 신어야 할 신

186

발이니 어서 나루터로 다시 돌아가주세요."

"뭐요? 그까짓 신발 때문에 다시 배를 돌리라는 말이오?"

"내일 꼭 신어야 한다니까요?"

화를 낼 사람은 청년인데 오히려 여인이 큰소리를 치자 그는 더이상 참을 수가 없었다.

"이런 빌어먹을! 나는 못하겠으니 당신이 물에 뛰어들어 헤엄을 쳐서 갔다오든지 말든지 하시오!"

그는 버럭 소리를 지르며 노를 팽개쳤다.

순간 이상한 일이 벌어졌다. 여인과 계집아이가 온데간데없이 사라져버리더니 백발을 휘날리며 한 노인이 나타났다.

"이런! 또 화를 내고 말았구나. 너는 이제 성인의 경지는커녕 보통 사람들보다도 참을성 없는 존재가 되었느니라. 구제불능이구나!"

백발 노인은 혀를 끌끌 차더니 종적을 감춰버렸다.

청년은 실의에 빠져 그날부터 자리를 깔고 누워버렸다. 더이상 무엇을 한다는 것이 두렵기까지 했다. 그는 몇 달 동안 그렇게 꼼짝도 안 하고 자기 집 방에 누워만 있었다. 그러다 결국 화병을 다스리지 못했고, 나중에는 시름시름 앓다가 세상을 떠났다. 몸이 아팠다기보다는 자신의 성질을 다스리지 못해 죽음을 자초하고 만 것이다.

이 이야기는 베트남에 전해내려오는 설화인데, 청년은 죽어서 두견새가 되었다고 한다. 베트남 말로 두견새는 '뚜후'라고 하는데, 수양을 닦는다는 뜻이 내포되어 있다.

예로부터 마음의 수양을 쌓으려면 쇠망치로 백 번을 내리쳐 단련하는 쇠붙이처럼 해야 한다고 했다. 그만큼 마음의 수양을 쌓는 일은 어렵다는 말이다.

옛날에 같은 서당에서 학문을 익힌 두 친구가 있었는데, 성장하여 둘 다 관직에 나가게 되었다. 그런데 먼저 관직에 나간 친구가 나중에 관직을 얻은 친구에게 선배로서 충고를 해주었다.

"내가 관직에 있어보니 참아야 할 일이 상당히 많았다네. 자네도 앞으로 참을성을 길러야 할 걸세."

이렇게 말하자 친구는 충고를 해줘서 고맙다며 인사를 했다. 이튿날도 선배 관료는 친구가 걱정되어 다시 집으로 찾아가 충고해주었다.

"다시 한 번 말하지만, 어떤 경우를 당하더라도 참아야 하네."

"허허, 알겠네. 꼭 그렇게 하지."

사흘째 되는 날도 선배 관료는 친구에게 충고했다.

"꼭 명심하게. 참고 또 참아야 하네."

그러자 친구는 지겹다는 표정을 지으며 벌컥 화를 냈다.

"이 친구가……. 지금 나를 바보 취급하는 건가? 알았다는데 왜 매일 찾아와서 같은 말을 되풀이하는가?"

그 말에 선배 관료는 실망스런 표정으로 중얼거렸다.

"이 사람아, 그것 보게. 이제 겨우 같은 말을 세 번 했을 뿐이야. 그것도 못 참으면서 이보다 더한 것들은 어찌 참아내겠나?"

참을 인 자 셋이면 살인도 면한다는 말이 있긴 하지만, 요즘 같은 세상에 이런 독한 인내심을 품고 사는 사람들이 과연 몇이나 될까.

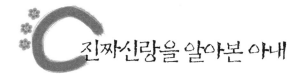

진짜 신랑을 알아본 아내

느지막이 아들 하나를 얻은 부자가 있었다. 그는 한때 벼슬살이도 했던, 남들에게 존경받을 만한 덕은 없지만 그렇다고 손가락질 당할 짓도 하지 않은, 그저 평범한 사람이었다. 벌어놓은 돈이 있는 터라, 하나뿐인 아들을 잘 키워 가문을 빛내볼 요량으로 어렸을 때부터 열심히 공부를 시켰다.

심성은 착하지만 워낙 글재주에 서툰 아들은 끝내 이렇다 할 성과를 남기지 못한 채 세월만 흘려보냈고, 이내 장가갈 나이가 되었다. 부자는 양반 체면에 혼기를 놓치는 것도 좋은 일은 아닐 듯싶어 아들의 공부를 잠시 뒤로 미루고 결혼부터 시켰다.

"이제 결혼도 했으니 네 앞가림은 스스로 해야 할 것이다. 그러니 앞으로는 학문에 더욱 매진하거라."

부자는 늘 그렇게 강조했으나 정작 아들은 장가를 간 뒤부터는 도무지 책을 들여다볼 생각을 하지 않았다. 어떻게든 자식을 출세시켜 가문을 빛내볼 요량이었던 부자는 고민 끝에 아들을 유명한 절로 들여보냈다. 아들은 아버지의 뜻을 어길 수가 없어 아내와 헤어져 절에 들어오긴 했지만 도무지 글이 눈에 들어오지 않았다. 책을 펴면 온통 아내 얼굴만 아른거렸다. 그도 그럴 것이 혈기왕성한 스무 살 나이에, 결혼한 지 한 달도 안 돼 아내와 생이별을 했으니 속이 끓고 애가 타는 것은 당연한 일 아닌가.

결국 아들은 병이 나고 말았다. 몸은 마르고 얼굴에는 병색이 완연했는데, 하루는 아들의 스승 노릇을 하던 스님이 아들에게 물었다.

"젊은 사람의 얼굴빛이 아니구나. 어디가 아픈 게냐?"

아들은 굳이 자신의 감정을 속일 필요가 없다고 생각하여 스승에게 모든 것을 솔직하게 털어놓았다.

"물론 공부도 중요하지만, 지금 상태로는 책을 읽어도 글자 하나 눈에 들어오지 않습니다. 자나 깨나 앉으나 서나 오직 아내 생각밖에 나지 않거든요. 그러니 이를 어찌하면 좋습니까?"

스승이 들어보니 딱한 노릇이었다. 마음 같아서는 제자를 당장 집으로 돌려보내고 싶었지만, 그의 아버지가 신신당부를 하며 아들을 맡긴 터라 그렇게 할 수도 없는 입장이었다. 궁리 끝에 스승이 말했다.

"내가 하루에 한 번씩 은밀하게 자네 부인을 만나게 해준다면 공부에 전념할 수 있겠느냐?"

"물론이죠. 그렇게만 해주신다면 공부에 더욱 전념하겠습니다."

그래서 아들은 낮에는 공부에 전념하다가 밤이 되면 아내의 방으로 몰래 들어가 하룻밤을 보내고 새벽녘에 돌아오기를 반복했다. 그러나 꼬리가 길면 잡히는 법, 얼마 안 가 그 사실이 발각되고 말았다.

'자식 공부를 잘 시켜야 우리 집안이 다시 일어설 수 있는데……. 절에 들여보내도 공부는 하지 않고 제 마누라 방에만 들락거리니 큰일이구나.'

부자는 매일 밤 아들이 며느리 방을 들락거리는 것을 보며 크게 근심한 나머지 아들이 집을 드나들지 못하게 할 방법을 연구해보았다. 현장에서 아들의 덜미를 잡고 크게 야단칠 수도 있었지만, 도리어 공부에 지장을 줄 것 같아 다른 방법을 생각해냈다.

부자는 아들이 집에 올 즈음해서 며느리 방 섬돌 위에다 자신의 신발 한 켤레를 올려놓고 그 옆에 지팡이를 걸쳐놓았다. 자신이 방에서 며느리와 얘기 중이라는 상황을 알려주려는 의도였다. 그런데 아들은 그 상황을 부자의 의도와는 전혀 딴판으로 해석하였다.

'아버지는 내 마누라가 탐이 나서 나를 공부시킨답시고 절로 내쫓은 것이었구나.'

아들은 그렇게 오해를 하여 공부고 아버지고 아내고 다 팽개친 채 훌쩍 집을 나가버렸다. 그리고는 곧장 깊은 산중의 절로 들어가 스님이 되었다.

한편, 갑자기 아들이 사라지자 부자는 여간 애가 타는 게 아니었다. 사방팔방 사람을 보내 알아보기도 하고 방을 만들어 뿌리기도 했지만 아들의 종적은 감감하기만 했다.

그때 어디서 소문을 들었는지 부자의 동생이 몇 달 만에 나타나 부자에게 제안했다.

"형님, 듣자하니 조카가 집을 나간 모양인데 제가 어떻게든 찾아올 테니 여비로 돈 천 냥하고 말 한 필만 내주세요."

부자의 동생은 천하의 난봉꾼이었다. 마흔이 넘도록 장가갈 생각은 아예 접어두고 그날그날 무위도식하며 지내는 위인이었다. 평소 동생의 말이라

면 콩으로 메주를 쑨다해도 믿지 않던 그였지만 지금은 그런 것을 따질 때가
아니었다.

"네 말대로 다 들어줄 것이니 제발 찾아오기만 해라."

부자는 아들을 찾는 일이라면 재산의 반을 내준다 한들 아깝지 않다고 여
기고 있던 터라 난봉꾼 동생이 오히려 고맙게 생각되었다.

"걱정 마세요. 꼭 조카를 찾아올 것이니. 하하하!"

동생은 호탕하게 웃으며 반드시 조카를 찾아오겠다며 장담했다. 그러나
제 버릇 개 못 준다고, 동생은 조카를 찾을 생각은 아예 접어둔 채 요릿집,
기생집을 드나들며 단 보름 만에 돈 천 냥을 모두 날려버렸다. 그리고는 낯
두껍게 다시 형을 찾아와 이번에는 이천 냥을 요구했다.

"어디로 꼭꼭 숨었는지 전국을 한 바퀴 다 돌았는데도 조카를 못 찾겠네
요. 이번에는 반대 방향으로 한 바퀴 돌아봐야겠어요. 한 달포쯤 걸릴 것 같
으니 돈 좀 더 내주세요."

부자는 진위를 알아볼 것도 없이 동생의 말을 믿고 또 돈을 내주었다. 그
저 마지막 남은 지푸라기라도 잡아야겠다는 심정으로 어떻게든 아들을 찾
겠다는 희망의 불씨를 꺼뜨리지 않으려고 애를 썼다.

먼저보다 두 배나 많은 돈을 챙긴 동생은 또다시 기생집을 전전했다. 그
렇게 한 달여 동안 흥청망청 돈을 날린 동생은 형과 약조한 날이 다가오자
그래도 벼룩 낯짝만 한 염치는 남아 있었는지 조카를 찾아보는 시늉이라도
할 요량으로 이 동네 저 동네를 기웃거렸다.

하루는 어느 동네를 지나치다 분명히 조카는 아닌데, 조카와 아주 닮은
젊은이가 지나가고 있기에 우뚝 걸음을 멈췄다. 동생은 얼른 사람을 시켜 젊
은이를 무조건 잡아오게 했다. 그런데 마침 동생 앞에 끌려온 그 젊은이는

죄를 짓고 도망을 다니는 처지였다. 젊은이는 다짜고짜 싹싹 빌기부터 했는데, 이는 갑자기 장정 두 사람이 양쪽에서 불끈 팔짱을 끼며 끌고 가자 자기를 잡으러 나온 줄 알고 지레 겁을 먹었던 것이다.

동생이야 젊은이가 무슨 죄를 지었는지 알 바 아니었다. 형에게 받은 돈도 다 떨어져가고 하니 이 자를 제물 삼아 다시 돈푼깨나 뜯어내면 그걸로 그만이라고 생각했다. 그래서 동생은 젊은이를 주막으로 데리고 가서 은밀하게 말을 건넸다.

"내가 시키는 대로만 하면 네 죄는 평생 묻어둘 것이다. 그뿐인가? 너는 내 말만 잘 들으면 팔자도 고칠 수 있으니 지금부터 내가 하는 말을 명심해서 듣거라."

말을 전해들은 젊은이는 금방 얼굴에 화색이 돌더니 동생에게 넙죽 절을 했다.

"무슨 말씀이든 명심하고 따르겠습니다."

동생은 일이 잘 끝났다고 생각하여, 젊은이에게 자기 형의 집에 들어가 아들 행세를 하기 위해서는 어떻게 해야 하는지를 소상하게 일러준 다음 그자를 데리고 형네 집으로 들어갔다.

"어이구, 이놈아! 어디 갔다가 이제야 나타났느냐? 어디 보자."

문간에 들어서자마자 맨발로 달려나온 부자와 그의 부인은 그자가 가짜라는 사실은 까맣게 모른 채 젊은이의 얼굴을 어루만지며 눈물을 쏟았다. 시끌벅적한 소리를 듣고 이웃사람들도 모여들었다. 누구 하나 젊은이를 의심하는 사람이 없었다. 동생은 속으로 이 정도면 됐다 싶어 부자를 조용히 불러 다시 이천 냥을 뜯어냈다.

"형님, 그럼 오랜만에 부자 간에 마주앉아 회포를 푸세요. 저도 그동안 여독이 쌓였으니 오늘은 그만 가서 쉴랍니다."

"오, 그래. 정말 고생 많았다, 아우야."

동생은 어깨를 거들먹거리며 대문을 빠져나갔다. 부자는 돌아온 아들을 위해 잔치를 베풀었다. 마을 사람들을 포함해 모두들 즐거워했지만, 단 한 사람만은 그렇지가 못했다. 바로 아들의 아내였다. 그녀는 첫눈에 자신의 남편이 아님을 알아보고는 자기 방에 들어가 꼼짝하지 않았다. 부자 내외는 며느리의 행동을 대수롭지 않게 넘겼는데, 온다간다 말도 없이 나갔다가 불쑥 나타난 남편이 괘씸해서 그러는 거라고 여겼다.

이윽고 한바탕 잔치가 끝나고 잠자리에 들 시간이 되자, 안주인은 아들을 몰래 불러 일렀다.

"네 처가 섭섭해서 저러는 것이니 잘 달래주어라."

아들은 방으로 들어갔다. 하지만 가짜아들은 원체 주변머리가 없는 위인이라 방에 들어가서도 얼른 이불 속으로 들어가지 못하고 윗목에 앉아 쭈뼛거리며 아내의 눈치만 살폈다. 그때 부자 내외는 방 안의 정경을 문틈으로 살짝 엿보고 있었는데, 서먹해하는 자기 아들보다는 뾰로통하게 삐쳐 있는 며느리가 더 야속했다. 그러나 만난 지도 오래됐고 하니 그럴 수도 있다고 생각하여 일단 접어두기로 했다.

그렇게 이틀이 지나고, 1주일이 지났다. 부자 내외는 다시 문틈으로 아들 방을 엿보았는데 어찌 된 일인지 그때까지도 두 사람은 처음 만났던 그날처럼 한 마디 말도 없이 윗목과 아랫목에 갈라 앉아 있는 것이었다. 그것을 보자 문득 부자의 뇌리에 불길한 생각이 스쳤다.

'그렇게 정이 좋았던 사이였는데 저럴 수는 없는 일이다. 내 아들이 없는 사이에 며늘아기가 바람이 난 게 분명해.'

194

그런 생각이 들자 부자는 분을 참을 수가 없었다. 아들이 집을 나갔을 때 하루도 거르지 않고 정화수를 떠놓고 기도를 올리던 며느리였다. 그렇다면 그것은 시부모의 눈을 속이려고 한 짓이란 말인가. 그렇게 생각하니 며느리가 간사하기 이를 데 없었다.

며느리를 어떻게 하면 좋을지 밤새도록 머리를 맞대고 고민한 부자 내외는 결국 관가의 처분을 받기로 했다. 그래서 부자는 이튿날 날이 밝기 무섭게 관가로 달려가 며느리를 고발했다.

그 사실을 알게 된 며느리는 너무 어이가 없어 할 말을 잃었다. 시부모에게 자초지종을 얘기했지만 오히려 더욱 몹쓸 '화냥년'으로 몰리는 신세가 되고 말았다.

"이런 나쁜 년. 이제 변명이 궁색해지니까 별 요상한 이야기를 들먹거리는구나. 네가 분명 귀신에 홀린 게야. 두 눈 시퍼렇게 뜨고 살아서 돌아온 남편을 보고 가짜라니? 그동안 화냥질하면서 정신이 어떻게 된 모양이구나."

차마 입에 담지 못할 말이었으나 일단 며느리를 의심하게 된 두 노인의 입에서는 봇물 터지듯 독한 말들이 술술 쏟아졌다. 일이 이 지경이 되자 며느리는 무슨 말을 해도 소용없다는 사실을 깨닫고 순순히 오랏줄에 묶인 채 감옥으로 들어갔다. 낯선 남자와 매일 밤 마주앉아 있느니 차라리 그 편이 낫다고 생각한 것이었다.

며느리에 대한 판결은 보름 뒤에 내려질 예정이었다. 마을 사람들은 그녀를 사형에 처해야 한다고 하나같이 입을 모았다. 지금까지 이 마을에서 간통을 한 사람은 아무도 없었는데 그 순수한 전통을 깨뜨렸다는 이유에서였다.

그 무렵, 마을에 사는 오지랖 넓은 아이 하나가 무술을 배운답시고 몰래 집을 나와 산중의 절로 찾아들었다. 소년은 집을 나오면서 한 번도 뒤를 돌아보지 않았는데, 그처럼 부지런히 달려온 끝에 다다른 곳이 바로 부자의 아들이 은밀하게 숨어 있던 절이었다. 물론 하늘의 인도가 있었기에 가능한 일이긴 했지만, 그 덕분에 아들은 소년을 통해 집안 돌아가는 사정을 전해들을 수 있었다.

아내는 감옥에 갇혀 있고, 어떤 놈 하나가 들어와 자신의 행세를 하고 있으며, 부모님도 삼촌이란 작자의 속임수에 넘어가 뭔가 단단히 오해를 하고 있다하니 아들은 기가 막힐 뿐이었다.

'그런데 나를 낳아 길러주신 부모님도 자식을 제대로 알아보지 못하고 그런 우를 범하고 있는데, 나를 만난 지 얼마 되지 않은 아내가 어떻게 내가 아니란 걸 알았을까?'

아들은 아내가 너무 대견스러워 반드시 구해주어야겠다고 생각했다. 그리하여 판결이 있는 날 아침, 아들은 일찍 절을 떠나 관가로 향했다. 관가의 마당은 이미 구경꾼들로 꽉 차 있었다. 재판장에는 자신의 부모와 가짜아들, 그리고 삼촌이 의기양양한 표정으로 앉아 있었고, 그 앞으로는 무슨 중죄라도 지은 사람처럼 자신의 아내가 결박을 당한 채 무릎을 꿇고 있었다.

재판이 치러진 끝에 재판관은 며느리에게 5년 동안 옥살이를 할 것을 명했다. 그녀는 모든 것을 포기한 듯 고개를 숙인 채 재판관의 판결을 받아들였다. 그러나 재판관이 마지막으로 할 말이 있으면 해보라고 하자 그녀는 고개를 들고 말했다.

"지금 제가 옥에 들어가면 앞으로 오 년 동안 제 남편을 볼 수 없게 됩니다. 아니 평생 못 보게 될지도 모릅니다. 그러니 마지막으로 한 번만 이곳에 혹시 제 남편이 와 있는지 찾아보게 해주십시오."

재판관은 마지막 소원이라는 며느리의 청을 들어주었다. 그녀는 하늘에

기도하는 심정으로 좌중을 둘러보기 시작했다. 그러다가 어느 스님 앞을 지나치려던 순간 걸음을 멈추었다. 삿갓으로 얼굴을 가리고 있었지만 순간적으로 남편의 형상이 뇌리를 스쳤기 때문이었다. 다시 한 번 삿갓 쓴 스님을 유심히 살펴본 며느리는 갑자기 스님에게 달려들어 그의 목을 끌어안았다. 그러자 모여 있던 사람들과 부자 내외의 입에서 저절로 "저런, 죽일 년!", "저런, 화냥년!" 하는 소리가 웅성웅성 새어나왔다. 그러나 그녀는 그런 소리가 귀에 들리지 않았다. 삿갓 쓴 남자가 남편임을 확인하고는 이내 정신을 잃고 그 자리에 쓰러졌기 때문이었다. 그 광경을 지켜보던 부자의 동생은 얼굴이 새파랗게 질리고 말았다.

그 짧은 시간에 일어난 일이 미심쩍은 재판관은 의원을 불러 쓰러진 며느리를 깨어나게 한 다음 이 사건에 관계된 자들을 모두 한자리에 모이게 했다. 재판관은 먼저 부자 부부에게 물었다.

"이 스님이 당신 아들이오? 아니면 당신 옆에 있는 자가 아들이오?"

그제야 부모는 까까머리 스님의 얼굴을 자세히 들여다보았다. 정말 옆에 있는 두 사람의 얼굴 생김새는 똑같았다. 그래서 선뜻 둘 중에 하나를 지목하여 이 사람이 내 아들이라고 단정짓지 못하고 우물쭈물했다. 그러자 재판관이 며느리에게 물었다.

"이 사람이 당신 남편이오, 저 사람이 당신 남편이오?"

정신이 돌아온 며느리는 재판관의 물음에 조금도 주저 없이 스님 복장의 남자 앞으로 가더니, "이분이 바로 제 남편입니다" 하고 대답했다.

재판관이 며느리에게 물었다.

"저 사람이 남편이라는 것을 어떻게 증명할 수 있는가?"

이번에도 며느리는 주저하지 않았다.

"제 시부모님께서는 당신들께서 낳은 자식이지만 잘못 알아보셨습니다. 제 남편은 턱밑 오목하게 들어간 곳에 쌀 반톨만 한 까만 점이 하나 있습니다. 저는 그것을 보고 제 남편임을 알았습니다."

그 사실은 부자 내외도 처음 듣는 소리였고, 아들 본인조차 모르고 있던 사실이었다. 하기야 턱밑에 오목하게 들어간 부분이라면 자신은 물론 남들 눈에도 쉽게 드러나지 않을 만했다.

재판관은 직접 마당으로 내려가서 스님의 머리를 들게 하고 정말 턱밑에 점이 있는지를 확인했다.

"여자의 말이 사실이로군. 이 사람이 바로 진짜 당신들의 아들이오."

재판관은 즉시 며느리에게 내렸던 형벌을 취소하고, 아들 내외의 의견을 받아들여 부자의 동생을 추궁하기 시작했다. 그는 처음에는 구질구질한 변명을 늘어놓았으나 그의 증언에 미심쩍은 부분들이 많다고 생각한 재판관이 확신을 갖고 본격적으로 심문하여 마침내 모든 자백을 받아내었다. 재판관은 곧바로 며느리를 풀어주고, 거꾸로 부자의 동생에게 5년의 징역살이를 선고했다.

부모도 모르고, 심지어 자신조차 모르는 일을 자신의 아내가 알고 있어 화를 면하게 되었다는 내용의 이야기다. 세상을 살다보면 이런 일도 벌어질 법하다는 생각이 든다. 나도 모르는 일을 비록 아내이긴 하지만, 남이 알고 있다는 사실이 한편으로는 좀 꺼림칙하지만 그것이 복이 되어 돌아올 수 있다면 과히 나쁜 일만은 아니리라. 물론 화가 되어 돌아올 수도 있으니 세상의 남편들이여, 아내를 가볍게 여기지 말라, 그리고 부디 몸가짐을 조심하라.

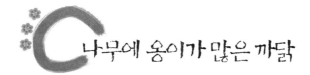

나무에 송이가 많은 까닭

❀ **배움이라고는 겨우** 천자문 몇 번 읽은 것이 고작이지만 사사건건 아는 체를 하는 영감이 있었다. 그런데 이 영감은 다른 것은 몰라도 말주변 하나만큼은 타고난 덕에, 어려서부터 시작한 장사로 엄청난 돈을 벌어 남부럽지 않은 호강을 누리며 살고 있었다.

영감의 이웃마을에는 선비 가문 출신으로 글공부에 뛰어난 한 청년이 살고 있었는데, 집안이 몹시 궁색해 장가들 엄두조차 내지 못한 채 혼기를 넘길 처지에 놓여 있었다.

그러던 어느 날, 부자 영감이 청년의 총명함을 알고 온갖 재물을 내세우며 청혼을 해왔다. 청년의 집에서는 이래저래 부자 영감에 대해 알아보고는 탐탁찮게 여겼지만, 목구멍이 포도청인지라 할 수 없이 청혼에 응했다. 그리고는 청년을 부자 영감네 데릴사위로 들여보냈다. 워낙 유식한 체하기를 좋아하는 영감은 진짜로 유식한 사위를 얻자 마치 양쪽 날개를 달기라도 한 양

날아갈 듯이 기뻐했다.

이윽고 청년이 영감의 집으로 들어와 처가 식구들과 첫 대면을 하게 되었다. 그런데 어찌 된 일인지 장모를 비롯해 처남과 처제 등 식구들이 하나같이 머리 뒤에 혹을 달고 있는 게 아닌가. 특히 장모는 보기에도 징그러울 정도로 큰 혹을 달고 있었고, 아내의 뒤통수에도 괴상하게 생긴 혹이 하나 달려 있었다.

청년은 매일 따뜻한 밥을 먹고 기름진 반찬으로 입을 즐겁게 하는 것이 좋기는 했으나, 처가 식구들의 혹을 생각하면 속이 울렁거려 견딜 수가 없었다. 그래서 청년은 아예 처가 식구들을 슬금슬금 피해 다니기 일쑤였다. 그 모양을 본 부자 영감은 다른 생각을 품게 되었다.

'저놈이 글줄깨나 읽었다고 우리 집안사람들을 무시하는구나. 아무리 유식하다 해도 데릴사위로 들어온 제 주제를 안다면 조석으로 식구들과 인사는 챙겨가며 지내야 할 게 아닌가?'

영감은 속으로 앙심을 품고 있다가, 어느 날인가는 자기 사위가 혹시 전혀 무식한 놈인데 유식한 척하는 게 아닌가 하는 의심까지 품게 되었다. 그래서 하루는 사위를 시험해볼 요량으로 불러 앉혀놓고는 물었다.

"자네는 글을 많이 읽어 아는 것이 많다고 들었네. 내 몇 가지 물어보아도 되겠는가?"

청년은 영감이 잘난 체하기를 좋아한다는 소문을 들어왔던 터라 바짝 긴장을 하고 귀를 기울였다.

"학이 소리를 내어서 잘 우는 까닭이 무엇인지 말해보게나."

질문을 한다고 해서 사서삼경 같은 데 있는 말을 꺼낼 줄 알았는데 엉뚱한 것을 들고 나오자 청년은 적이 실망하여 대답하는 것이 시들해졌다. 그래서 적당히 한마디 던지고 말았다.

"그런 것이야 하늘이 정한 이치이니 그렇지요."

영감 또한 사위의 입에서 제대로 된 대답이 나오리라 잔뜩 기대하고 있었는데, 무식한 거지들도 주워섬길 만한 시시한 답을 내놓자 몹시 실망했다.

'어라, 혹시 이놈 정말 무식한 놈 아닌가?'

영감은 자기 멋대로 청년이 선비를 가장한 무식한 사람일지도 모른다는 생각을 하며 다시 질문을 던졌다.

"그럼 소나무가 겨울에도 푸른 까닭은 무엇인가?"

"그것도 하늘이 정한 이치이니 그렇지요."

두 번째 대답에 영감은 사위가 무식한 게 틀림없다고 결론지었다. 마지막 질문 하나를 더 던져보고 그때도 시원한 답을 하지 못하면 사위를 아예 무식쟁이로 점찍어버릴 요량이었다.

"그럼 나무들마다 옹이가 몇 개씩 박혀 있는 까닭이 무엇인지 말해보게."

"그런 것 모두 하늘이 정한 이치라니까요!"

영감은 세 개의 질문 중에 한 가지도 시원한 대답을 내놓지 못한 사위에게 버럭 화를 내며 소리쳤다.

"자네가 총명하다는 말은 모두 거짓이었군! 글깨나 읽은 선비가 어찌 그 정도의 문제를 가지고 쩔쩔맨단 말인가?"

영감은 끌끌 혀를 찬 뒤 유식한 체 일장연설을 늘어놓았다.

"쯧쯧, 내가 가르쳐줄 테니 잘 새겨듣게. 학이 잘 우는 것은 목이 길기 때문이요, 한겨울에도 소나무가 푸른 것은 속이 굳기 때문이며, 나무마다 옹이가 많이 박혀 있는 까닭은 수레에 받혀서 그런 것이라네. 어떤가? 내 말을 듣고 나니 이해가 되는가?"

영감은 사위를 조롱하는 듯한 표정을 지으며 한껏 어깨를 들썩였다. 청년은 그제야 가소롭다는 듯 한번 빙긋 웃더니 입을 열었다.

"장인어른의 말씀대로라면 개구리가 잘 우는 것도 목이 길기 때문입니까? 또한 대나무 역시 겨울에도 푸른데 그것도 속이 굳센 탓인가요?"

그 말에 영감은 공연히 헛기침만 내뱉었다.

"그리고 나무에 옹이가 많은 까닭이 수레에 받혀서 그런 것이라면, 장모님 뒷덜미에 달린 혹 덩어리도 수레에 받혀서 그런 것입니까?"

영감은 사위의 결정적인 이 말 한마디를 듣고는 허둥지둥 밖으로 나가버렸다.

 한 마리 새, 한 그루 나무, 모두 자연의 이치에 따라 생성과 소멸을 거듭하고 있다. 그런데 그러한 이치를 인정하지 않으려는 사람들이 의외로 많다. 인간은 우주의 티끌에 불과한데 어떤 인간들은 자기가 마치 하늘보다 높고 바다보다 깊은 줄로 착각을 한다. 어리석은 일이 아닐 수 없다. 우주의 온갖 만물은 모두 제자리에서 묵묵히 자기에게 주어진 대로만 살아가고 있는데 유독 사람들만이 주어진 것보다 더 많은 것을 가지려고 애쓴다.

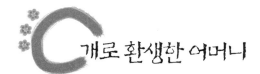

개로 환생한 어머니

어느 마을에 못된 아들이 어머니와 함께 살고 있었다. 그는 마치 청개구리처럼 어머니의 뜻과는 전혀 반대로만 행동을 해 마을 사람들이 혀를 내두를 정도였다.

"저런 못된 놈 같으니. 제 어미가 죽어야 정신을 차릴는지……."

마을 사람들은 늘 그런 식으로 아들의 불효를 욕했다.

그러던 어느 날, 아들의 어머니가 세상을 떠나 염라대왕 앞에 가게 되었다. 염라대왕은 몹시 궁색한 차림의 노파를 보고는 물었다.

"네 행색이 영락없는 거지꼴이구나. 너는 자식들도 없느냐?"

노파가 눈물을 흘리며 대답했다.

"저는 일찍 남편을 잃고 아들과 딸을 키우며 살아왔는데, 딸아이는 일찌감치 시집을 갔고 아들과 함께 살아오던 중에 이렇게 하늘나라로 오게 되었습니다."

"그런데 너는 죽으면서 수의 한 벌도 못 얻어 입었단 말이냐?"

"그게……."

차마 아들의 불효를 입에 담을 수가 없어서 어머니는 머뭇거렸다.

"말을 못하는 것을 보니 자식들이 불효막심했던 모양이구나?"

"그게 아니고……, 제 자식들은 제게 아주 잘해주었습니다."

"감히 내게 거짓을 고하다니!"

염라대왕은 몹시 화를 내며 노파를 꾸짖었다.

"안 되겠다. 너는 다시 이승으로 내려가라! 그 대신 사람으로 돌아가면 일이 복잡해지니 개로 환생시켜 내려보내겠다."

이렇게 해서 노파는 개로 환생하게 되었다.

한편, 이승에 있는 노파의 집에서는 암캐 한 마리를 기르고 있었는데 갑자기 개의 배가 부르더니 금세 새끼 한 마리를 낳은 것이다. 아들 내외는 기르던 암캐가 갑자기 새끼를 낳자 영문을 몰라 어리둥절할 뿐이었다.

"아니, 우리 개가 언제 새끼를 가졌었죠? 어머, 귀엽기도 해라. 어쩜 이렇게 예쁜 새끼를 딱 한 마리만 낳았을까?"

아내는 갑자기 생긴 새끼가 그저 신기할 뿐이었다.

"그것참, 신기한 일도 다 있네? 거기다 낳자마자 걸어다니기까지 하다니. 예사로운 강아지는 아닌 것 같군. 아무튼 잘 키워보자고."

이렇게 환생하게 된 노파는 다른 강아지들과는 달리 무척 빠르게 자랐다. 더구나 보통 개와는 다르게 사람들의 말귀를 알아듣고 생각까지 할 수 있는 능력이 있어 아들 내외의 속마음까지도 다 읽을 수 있었다.

그러던 어느 여름날이었다. 술을 마시고 집에 들어오던 아들이 갑자기 개를 뚫어지게 쳐다보았다.

"음, 이제 이 개도 제법 통통하게 살이 올랐으니 잡아먹을 때가 된 것 같다. 너무 커도 고기 맛이 없거든."

그 말을 듣는 순간 노파는 깜짝 놀랐다.

'아니, 저 애가 나를……'

이튿날 아침, 아들은 개를 잡으려고 마당으로 나왔다. 그런데 어제 저녁까지만 해도 마당에서 어슬렁거리던 개가 어디론가 사라지고 없는 게 아닌가. 아들은 온 동네를 샅샅이 뒤졌지만 자기 집 개를 보았다는 사람은 아무도 없었다.

그 무렵 개는 이미 아들의 동네에서 멀찌감치 달아나 있었다. 다름 아닌 고개 너머에 사는 딸네 집으로 달려가 있었던 것이다. 노파의 딸은 새벽 일찍 밥을 지으려고 일어났다가 난데없이 나타난 개 한 마리를 보고 깜짝 놀랐다. 자세히 보니 바로 친정 오라버니가 기르는 개였다.

"아니, 네가 그 먼 데서 새벽같이 웬일이냐?"

딸이 반가운 마음에 먹을 것을 주며 머리를 쓰다듬어주자 개는 끙끙거리며 눈물을 흘렸다.

"오라버니한테 구박 맞고 이리로 달려온 게로구나?"

딸은 그렇게 생각하고 잠시 동안이라도 자기가 거두어주어야겠다고 마음먹고 마루 밑에 자리를 마련해주었다.

개를 잃어버린 지 며칠 뒤, 아들은 꿈속에서 돌아가신 아버지를 만났다.

"네 이놈! 천하에 불효막심한 놈 같으니!"

꿈속에 나타난 아버지는 아들의 머리를 쥐어박으며 호통을 쳤다.

"왜 그러세요, 아버지?"

"왜 그러다니? 네가 그러고도 사람이냐?"

"예? 그건 또 무슨 말씀이세요?"

"네 어미를 몰라보고 어떻게 그런 생각을! 살아 있을 때는 불효만 하더니 이젠 아예 네 어미를 죽이려고까지 하는구나. 너는 네 누이동생만도 못한 놈이야, 이놈아!"

아버지가 다시 머리를 쥐어박자 아들은 놀라 퍼뜩 잠에서 깨어났다. 아들의 몸은 식은땀으로 흥건했다.

'도대체 이게 무슨 꿈이지? 어머니를 잡아먹으려 했다니? 무슨 말일까……. 혹시 그럼, 그 개가 어머니였단 말이야?'

아들은 그제야 그 개가 태어날 때부터 지금까지 있었던 일을 곰곰이 되짚어보았다. 믿기지 않았지만 그 개는 어머니였다.

'맞아. 그 개는 태어날 때부터 보통 개들과는 달랐어. 그래서 그날도 잡아먹는다는 내 말을 듣고 달아났던 거야. 그런데 어디 가서 어머니를 찾지?'.

아들은 꿈에서 아버지가 누이동생만도 못하다고 한 말을 떠올리곤 동생 집으로 달려갔다. 단숨에 누이동생의 집으로 달려온 아들은 집 안에 들어서자마자 어머니를 불렀다.

"어머니, 어디 계세요? 저를 용서하시고 얼른 이리 나오세요."

동생은 갑자기 들이닥친 오라버니를 보곤 놀라서 말했다.

"어머니라니요? 지금 무슨 말씀을 하시는 거예요?"

"며칠 전에 우리 집 개가 이곳으로 오지 않았니?"

"예, 왔어요. 지금 저 마루 밑에 있어요."

아들은 득달같이 마루로 달려갔다. 과연 그곳에는 자기 집 개가 겁에 질린 채 웅크리고 있었다.

"어머니, 제가 잘못했습니다. 어서 이리 나오세요. 어머니인 줄도 모르고 잡아먹겠다고 했으니 이보다 더한 불효가 어디 있겠습니까?"

아들은 눈물을 흘리며 어머니에게 용서를 빌었다. 개도 아들의 말에 눈물을 흘리며 천천히 걸어나왔다. 그리고 꼬리를 흔들며 아들의 손등을 천천히 핥아주었다. 그 광경을 지켜보던 딸은 깜짝 놀라 개를 와락 끌어안았다.

"정말, 어머니세요? 어머니!"

개는 딸의 뺨도 핥아주었다.

개를 품에 안고 집으로 온 아들은 안방으로 들어가 자리를 만들어주었다.

"이제부터 이곳에서 편히 지내세요. 어머니 생전에 못다한 효도를 지금부터라도 하겠습니다."

아들은 진심으로 뉘우치며 어머니에게 큰절을 올렸다.

"이제부터는 맛난 음식도 매일 해드리고, 또 제가 등에 업고서 팔도유람도 시켜드리겠습니다."

다음날부터 아들은 개로 환생한 어머니를 등에 업고 팔도유람을 시작했다. 그 소문은 삽시간에 나라 안에 퍼졌고, 팔도 들르는 곳마다 아들의 효성에 감복한 사람들은 먹을 것과 쉴 곳을 제공해주었다.

"저 사람이 바로 개로 환생한 어머니를 업고 팔도를 구경시켜드린다는 사람이로군."

"젊은 사람이 참 지극한 효성이야."

"누가 아니래. 나는 죽었다 깨어나도 저런 호강은 받지 못할 거야."

팔도 사람들은 입을 모아 아들의 효심을 칭찬했다.

그렇게 3년이 흘렀고, 아들은 그때까지도 팔도유람을 계속하고 있었다. 그러다가 하루는 고향 근처에서 보내고, 날이 밝아 다시 길을 떠나려고 어머니를 찾았는데 어머니는 어디에도 없었다. 이상하게 여겨 동네를 다 뒤지니 어머니는 아버지가 묻힌 산소 옆에 땅을 파고 들어가 누워 있었다. 이미 숨을 거둔 후였다. 아들은 슬피 울며 어머니의 장례를 정성껏 지내드렸다. 그 후부터 아들은 매사 뜻대로 잘 풀려 나중에는 큰 부자가 되었다고 한다.

효도를 하는 것도 때가 있다. 송강 정철은 〈어버이 살아 계실 제 섬기기를 다하여라 / 지나간 후면 애닯다 어이 하리 / 평생에 고쳐 못할 일은 이뿐인가 하노라〉라고 노래했다. 효도는 미루다가 나중에 하는 것이 아니다. 고기반찬을 드리더라도 살아 계실 적에 한 점 드리는 것이 낫지, 돌아가시고 난 뒤 제사상에 열 근 올린들 무슨 소용이 있겠는가. 죽음이 무서운 이유는, 사후에는 아무리 능력 있고, 아무리 하고 싶은 일이 있어도 할 수 있는 게 아무것도 없다는 데 있다.